한국 희곡 명작선 95

우리 집 식구들 나만 빼고 다 이상해

한국 희곡 명작선 95

우리 집 식구들 나만 빼고
다 이상해

이대영

평민사

이혜영

우리 집 식구들 나만 빼고 다 이상해.

등장인물

박노아 : 80대 후반. 엠엠본부 일명 '마운틴 미르' 기지의 우두머리 겸 촌장 할아버지. 계량한복에 가죽 미투리를 신고 은테 안경과 모자를 쓰고 다닌다. 중요한 날에는 딸 박요리가 사준 파란 양복 세트를 입는다.

박요리 : 노아의 딸. 50대 후반. 소란의 어머니. 특수요리사. 평소 레이스 블라우스 위에 편한 원피스를 입고 다니며 레이스 양말에 꽃고무신을 신고 다닌다. 유튜브 방송이나 요리를 할 때는 화려한 앞치마를 더해 입는다.

이과수 : 노아의 사위. 50대 후반. 소란의 아버지. 식물학자. 녹색 계열의 바지에 녹색 셔츠를 주로 입으며, 작업 시에는 헤진 비치 모자와 종자 주머니가 가득 달린 전투복을 입는다.

이소란 : 이과수의 맏딸. 30대 중반. 텔레파시연구가. 평소 우주인을 찾기 위해 노력하며, 우주인과 교신할 때에 춤을 추기 위해 상의는 카라가 서 있고 레깅스에 발레 치마를 입는다. 우주 신호를 받아 황급히 산에 갈 때는 독특한 우주 교신용 망토에 교신용 헤드셋, 형광 주머니 가방을 메고 나선다.

노배균 : 이소란 남편. 30대 중반. 자칭 생명공학자. DNA 호박구조를 연구한다. 일할 때는 세균 느낌이 나는 가운을 입고, 고글에 장갑, 위생 마스크까지 착용한다. 꼼꼼하게 기록하는 취미를 가졌으나 덤벙대는 게 흠이다.

이소원 : 이과수의 둘째 딸. 20대 후반. 집안 간섭이 싫어서 해외유학을 핑계로 외국에 나가서 사는 비혼주의자. 자신이 꽤 예쁘고 대단하다고 생각을 하나 사실은 매우 평범하다. 늘 꿈을 꾸며 사는 몽상가. 대학원생.

권성치 : 이소원의 계약 연인. 20대 후반. 유명 대학 대학원생. 집안이 워낙 엉망이라서 주로 미국과 유럽 등 외국에서 살았으며, 평범한 가정을 꾸리고 싶어 한다.

권고삽 : 성치의 아버지. 50대 후반. 글로벌 토목건설회사 회장. 전용기를 갖고 있다. 아내가 죽은 뒤, 아내를 잊지 못하고 평생 해외 사업에 열중하며 아내와 교신할 곳을 찾는 순정파 사내. 행커치프와 커프스 버튼, 넥타이 핀까지 사용하는 패션 리더.

최첨단 : 블루 알파 특수수사 요원. 40대 중반. 방탄복을 입거나 까만 셔츠에 넥타이를 메고 특수경찰 조끼를 입는다.

우직한 : 시청 공무원. 40대 중반. 융통성이라고는 없는 정직하고

우직한 공무원. 도청에서 바른 말하다가 쫓겨나 시청으로
내려왔다.

권성기 : 성치의 형. 30대 중반. 패션 디자이너. 이탈리아 출신 모
델과 결혼하였으나 그 집안이 마피아이다. (이 배역은 우직
한이 겸한다.)

황혼례 : 마을의 혼례를 도맡아 준비하는 할머니. 은근히 박노아
할아버지와 추파를 던지는 사이. (이 배역은 최첨단이 겸한
다)

시대

현대 혹은 가까운 미래

장소

어느 종손 집안의 고택

제 1 막

밤. 달빛이 은은하게 비추는 어느 고택이다. 무대 중앙에 대청마루가 있다. 양쪽으로는 방과 부엌이다. 무대 우측에 대나무 숲이 있다. 그 속에 우물이 있다. 무대 전면 왼쪽에는 본채와 떨어져 사랑방이 있다. 우측 전면으로는 잡동사니를 쌓아놓은 광이 있고 그 앞으로 밖으로 통하는 대문이 있으나 객석에서는 보이지 않는다.

막이 오르면 어둠 속에서 최첨단이 조심스럽게 등장하여 손목시계로 만든 플래시를 켜고 고택을 살핀다.
사이.
그는 귀에 착용한 소형무전기를 버튼을 누르고, 누구에게인가 긴급히 말한다.

최첨단 (주변을 살피며 속삭인다) VIP께 보고… 급한 일입니다. 네? 해외 순방 중이시라고요. 지금 어디에… 남아공… 케이프타운이요? (사이) 지금 제가 긴급 메일을 전송했으니 확인해 달라고 전갈 넣어 주십시오. 드디어 신호를 찾았어요! 아, CP에서는 잘 모르실 겁니다. 제가 따로 특명을 받은 겁니다. 이상 블루! 보고 끝. (끊고, 혼잣말로) 여기가 분명해.

사이.

우물 속에서 사람 소리와 함께 큰 간판이 올라온다. 최첨단이 그 소리에 깜짝 놀라 기겁하며 대청마루 밑으로 숨는다. 우물 속에서 노배균이 대형간판을 들고 올라온다.

노배균은 앞면에는 "DANGER", 뒷면에는 "위험/접근금지"라고 쓰인 간판을 들고 나온다. 뒤이어 이과수가 반쯤 우물에 걸친 채 소리친다.

이과수 노 서방, 자네 어디가! 일하다 말고. 단풍나무 세포와 코끼리 세포 붙여보기로 했잖아. 그럼 잿빛 코끼리가 아니라 단풍 색깔 코끼리가 나온다며. 그거 확실한 거야?

노배균 일단 해봐야죠. 저는 간판이 다 닳아서 교체하러 갑니다. 하도 접근하는 사람들이 많아서, 이번에는 아주 크게 써 놨어요.

이과수 그래, 빨리 다녀와.

노배균 아, 장인어른, 세포들 함부로 만지지 마세요. 저번처럼 사고 나요. 저는 방주 쪽으로 해서 들어갈게요. (마당을 가로질러 나간다)

이과수 알았어! (내려간다)

최첨단이 다시 나와서 고택을 샅샅이 살핀다.

사이.

수상한 발걸음 소리와 함께 불빛이 나타나 최첨단을 잡는다. 최첨단은 깜짝 놀라 창고 뒤로 숨는다. 공무원 우직한이 쏜살같이 손전등을 들고 등장한다. 물론 그 역시도 기민하면서도 소리 없이 움직인다. 그는 창고를 향해 천천히 손전등을 비춘다. 최첨단 들키지 않으려 더 바짝 숨는다.

우직한　(낮은 소리로) 손들어. 거기 누구야? 숨지 말고 나와.

최첨단　(손을 들고 나오며) 쏘지는 마시오.

우직한　(손전등을 비추며) 예상대로 처음 보는 얼굴이군. 여기 사람 아니지?

최첨단　난 특수임무를 띠고 여기에 왔소. 나를 처치해도 좋으나, 부디 시체는 남기지 마시오. 어차피 이렇게 된 거, 팔은 내려도 되겠소?

우직한　(경계하며) 아직 안 돼. (사이. 궁금하다) 그런데… 특수임무라니?

최첨단　지구를 지키는 일이오. 난 아주 높은 곳에서 내려왔소.

우직한　(조금 누그러지며) 높은 곳이면 혹시… 도청에서 왔어요?

최첨단　도청? 아니 더 높은 곳. 블루….

우직한　블루 하우스? 그럼 청와대?

최첨단　쉿!

우직한　쉿! 어머, 세상에나.

최첨단　VIP 지시에 의한 비밀 특수수사요.

우직한　(입을 딱 벌리고) VIP!!!

최첨단　자세한 것을 말할 수는 없소. 이 마을에서 매우 수상한 일이 벌어지고 있소. 잘못되면 마을 전체가 펑-하고 터져 날아갈지도 모를 일이오.

우직한   (깜짝 놀라며) 위에서도 그걸 알고 있습니까?

최첨단   쉿! 목소리가 커요. 당신도 알고 있소? 당신은 누구요?

우직한   시청 공무원입니다. 이 집 가족들이 수상해서 밤마다 살피는 중입니다.

최첨단   세상에! 아무도 모르게 처리하라고 지시를 받았는데 시청에서도 이미 알고 있었군. 이런 제길!

우직한   시청에서는 아직 모릅니다. 저만 알고 있어요.

최첨단   다행이군. 당분간 보고하지 마시오. 어이, 과장, 이제 이 손은 내려도 되겠소?

우직한   아. 네. 손은 내려도 되지만, 저는 과장이 아니고 계장입니다.

최첨단   비밀을 잘 유지해주면 과장이나 국장으로 승진할 거요.

우직한   (감격하며) 네? 정말입니까?

최첨단   성이 뭐요?

우직한   우가입니다. 이름은 곧을 직, 일꾼 한. 합쳐서 우. 직. 한.

최첨단   이름에서도 듬직함이 느껴지는군.

우직한   다들 그렇습니다. 듬직하다고. 제가 공무원으로서 원래 청탁은 하지도 받지도 않습니다만, 가끔 제 아내가 진급은 언제 하느냐고 눈총을 주기는 합니다. 제가 도청에서 근무할 때에도 진급을 앞두고 있었는데 별안간 도지사님과 관계가 좋지 않아서. 사실 도지사님께서는 여성 문제가 심각하고 또 선거를 위해 돈을 따로 챙기려고….

최첨단 말이 많은 편이군.

우직한 아, 조심하겠습니다.

최첨단 이건 보통 사건이 아닙니다. 입을 함부로 놀리면 쥐도 새도 모르게 죽어 나갈 수 있어요. 특히 오늘 우리가 만난 것은 영원히 비밀로 해야 합니다. 알겠소?

우직한 명심하겠습니다.

최첨단 (샅샅이 뒤지며) 분명히 이 집에 뭔가가 있어. 미국과 일본에서도 첩보가 들어 온 게 한두 번이 아니야. 레이더에도 지진계에도 뭔가 이상한 파동이 잡히고.

우직한 얼마 전에는 큰 폭발음이 있었죠.

최첨단 나도 들었소.

우직한 제가 들은 것만도 아홉 번입니다. 근데 낮에 오면 멀쩡해요. 그래서 범죄 현장을 잡으려고 저도 홀로 야밤에. 부디 조심하십시오. 여기 사나운 짐승이 많아요.

최첨단 알고 있소. 코끼리도 있잖아. 뱀도.

우직한 사자도.

최첨단 타조도 캥거루도.

우직한 구미호도

최첨단 (본다) 여우?

우직한 (플래시를 턱밑에 대고) 구미호.

최첨단 (놀라 넘어지며 기민하게 권총을 빼서 경계한다) 옛날 수법 쓰지 마십시오.

우직한　　진짜인데.

두 사람, 한 바퀴 휘돌고 나가다가, 코끼리와 닭의 울음소리에 깜짝 놀라 우뚝 멈춰 선다. 할아버지 박노아가 매우 화가 난 표정으로 고함을 치며 마당으로 들어온다.

사이.

두 사람, 얼떨결에 황급히 대청마루 밑으로 숨는다.

박노아　　이 녀석들을 가만두지 않을 거야. 일단 다 막아서 다시는 침투하지 못하게 해야겠다. 이런 버르장머리 없는 놈들. 남의 집을 제집 드나들 듯이 하다니.

두 사내, 대청마루 밑에서 깜짝 놀라, 서로를 마주 보며 사태를 예의 주시한다.

박노아　　다시는 드나들지 못하게 이것으로 단단히 묶어놔야지. (하며 장작 몇 자루를 들고 이리저리 왔다 갔다 하다가 두 사람이 숨어 있는 대청마루 밑단을 재어보고는, 손을 넣는다) 딱 좋아! (하며 장도리와 대못이 담긴 박스를 꺼낸다)

두 사내, 긴장한다. 우직한 울면서….

우직한　　잘못했습니다. 춘부장님 사실은요, (하는데, 첨단이 입을 막는다)

할아버지 제대로 듣지 못하고, 그냥 장작과 장도리를 들고 나가
버린다.

두 사내, 때는 이때다. 재빨리 기어 나오려는데, 박요리가 긴 하
품을 하며 방문을 열고 나온다. 그 소리에 두 사람 다시 대청마루
밑으로 기어들어 간다.

박요리 (부엌으로 들어가 유튜브 방송을 시작한다) 나는야 요리 조리 요
리 조리 박사~ 도토리 세 알에다 장미꽃 한 송이, 달님나
라 계수나무 별똥별 하나. 이것저것 긁어모아 요리를 한
다. 호호호. (노래를 그치고 카메라를 보며) 안녕하세요. 박여사
의 요리네 집밥입니다. 사랑하는 가족들을 위해 요리를
한다는 게 정말 얼마나 행복한 일입니까? 오늘은 우주나
사막이나 고원지대 혹은 평상시 기력이 부족할 때 먹는
고단백 스테미너 요리입니다. 먼저 오늘의 메인 요리인
스컹크방구 카레까스인데요. 이름부터 너무 재밌죠? (노래)
소르르 끓는 물에 신기한 연기가 뽀그르 뽁뽀그르 피어오
르면 이것 정말 재미 있네 요리를 한다 요리를 한다~
자, 스컹크 방귀로 삭힌 취두부가 있습니다. 음~ 스멜, 너
무 맛있겠죠? 저만 먹을 거예요. 스컹크 방귀로 삭힌 취두
부는 우리 집 코끼리 미미의 밥을 훔쳐 먹으러 오는 스컹
크의 방귀를 모아서 만들었습니다. 어머, 카시오페아님 1
개월 구독 감사합니다. 근데 주위에 스컹크가 없으시다구

요, 그럴 때는 음식물 쓰레기를 2달 정도 모아서 삭힌 후 전자레인지에 1분 30초 정도 돌려서 나오는 가스를 이용하시면 스컹크 가스와 비슷한 향신료를 만드실 수 있습니다. 자, 본격적으로 요리를 시작할 건데요,

박요리가 방송을 하는 사이, 두 사내는 눈치를 살피며 대청마루 아래에서 슬그머니 기어 나오려 한다. 그때, 이과수가 우물 속에서 나타난다. 헤어스타일과 옷차림이 예사롭지 않다.

박요리   지금 우리 남편이 밤새워 일하고 귀가 중이신데, 이 요리는 남편이 가장 좋아하는 음식이죠. 자 시작합니다.

이과수   여보, 드디어 끝냈어!

박요리   (부엌에서 나와서) 쉿! 나 방송 중이야! 그리고 나 당신 말 안 믿어.

이과수   이번에는 진짠데?

이과수 종자 주머니에 종자를 채우고 옷에 심기도 하면서 대청마루에서 쉰다.
사이.
사위 노배균이 우물에서 기어 올라온다. 마찬가지로 몰골이 특이하다. 조금 취했다.

노배균   장모님 아마 놀라실 걸요? 실험 결과가 끝내줍니다.

박요리   내 자네 말은 믿네. 가서 눈 좀 붙이시게.

이과수   여보 지금 밥 줘. 배고파.

박요리   조용히 해요! 밥은 무슨! (방송) 사랑하는 가족들을 위해 요리하는 것은 정말 행복한 일이지요?

박요리의 부엌은 어두워지고, 이과수는 노배균이 비틀대는 것을 유심히 보며 시비를 건다. 그 사이 박요리는 소리 없이 방송을 한다.

이과수   자네 왜 비틀거려?

노배균   장인어른 시키는 대로 했기 때문이죠.

이과수   내가?

노배균   폭탄 제조하면서 알코올과 섞으라고.

이과수   그랬지.

우직한   (마루 밑에서) 분명히 폭탄이라고 했죠?

최첨단   쉿! (우직한의 입을 쥐어짠다)

노배균   그리고 실린더에 있는 거 먹으라고 했잖아요.

이과수   내가?

노배균   네.

이과수   실린더 냉장고에 넣으라고 했지.

노배균   근데 그 실린더에 뭐가 잔뜩 있어서 이게 뭐냐 물으니 알코올이다. 그래서 마셔도 되느냐, 죽고 싶으면 마셔라, 그래서 마셨잖아요. 왜요?

이과수 거기에 있는 거 모두 폭약재료인데? 질산암모늄, 염소 산칼륨 등등 폭약재료밖에 없어요. 그걸 먹었어? 그럼 즉사야.

노배균 마셔보니 고량주 맛이던데요?

이과수 고량주…? 하이고, 맞다, 그거 시장님이 대만에 갔다 오면 서 특별히 사다 준 금문 고량주로구나. 그걸 다 마셨다고?

노배균 주둥이까지 싹싹 핥았죠.

이과수 (무섭게 좇아가며) 죽고 싶으면 마셔라, 이 뜻 모르냐?

노배균 (무섭게 도망치며) 사실 죽으려고 마신 건데. 이렇게 살아 있 으니. 사람의 운명이란.

이과수 담부터는 내 냉동고 열지 마! 애써 키운 종자 다 죽였잖 아. 기억 안 나?

노배균 장인 어르신도 제 냉동고 열지 마세요! 세균 다 죽었잖아요.

이과수 그게 왜 나 때문이야! 자네 성 때문이지. 자네 이름이 배 균이야. 세균 배양에 딱 좋은 이름이지! 근데 성이 '노'씨 잖아. 그러니 배균이 되냐? 노! 배균!

노배균 또 시작이시네!

두 사람, 옥신각신하며 쫓고 쫓기기를 반복하다가 마당을 휘돌아 퇴장한다.

최첨단 (인상 쓰며) 들었죠? 세균! 폭약!

우직한 (확신으로) 그래서 특수임무라고 하셨군요!

최첨단   쉿!

사이.

큰딸 이소란이 등장한다. 가벼운 등산복 차림으로 자신의 방에서 나와 부엌을 향한다. 방송하고 있는 박요리의 찜기를 태연히 가져간다. 찜기를 접었다 펼쳤다 실험한다. 만족한다.

박요리   (정신없이 마지막 인사) 오늘도 박요리네 집밥과 함께해주신 여러분 감사합니다. 재미있게 보셨다면 구독 버튼을 눌러주시고 이 영상을 널리 공유해 주시기 바랍니다. 참, 좋아요도 꾸욱 눌러주시는 거 잊지 않으셨죠? 여러분 사랑해요! (방송을 끝내며 허겁지겁) 소란이 너 그걸 왜 가져가!

이소란   독수리 별자리에서 신호가 왔다고!

박요리   어머 어머, 이리 내놔. 취두부 가스 기름 빼야 돼.

이소란   외계 신호를 받으려면 레이더가 필요해!

박요리   (빼앗으며) 레이더 같은 소리 하고 있네!

이소란   엄마 저기 하늘을 봐. 저 별, 저기, 유독 밝게 반짝이지?

박요리   저건 인공위성이야.

이소란   아, 엄마하고는 말이 안 통해. (자기 방으로 새로운 도구를 찾으러 들어간다)

박요리   하이고 이것으로 외계 신호를 잡는다고? 잘도 잡히겠다. (하며, 킁킁하다가) 어마마, 이게 무슨 냄새야. 어머, 선지 볶음하고 다 탔나 봐. 참나무 애벌레 무침도 해야 하는데 (하

며 퇴장)

최첨단, 우직한, 두 사람 기민하게 기어 나온다. 주변을 경계하듯
살피며.

최첨단 외계 신호는 뭐고 애벌레 무침은 또 뭐야!

우직한 저는 출근해야 해서.

최첨단 이따가 밤에 다시 꼭 들러요. 그때 내가 여기에 없다면, 불
행히도 난 희생된 거야, 알겠죠? 순직했다고 즉시 여기로
연락을. (명함을 건넨다)

우직한 킬리만자로 블루 캠프 스테이션 첨단 리더 초이?

최첨단 그냥 리더라고 부르시면 됩니다.

우직한 네. 리더! (경례를 붙이고 퇴장)

사이.

최첨단이 집을 뒤지다가 화들짝 놀라, 이번에는 대문 옆에 있는
창고로 사용되는 광으로 숨는다. 소란이 마땅한 장비를 찾지 못
해 광으로 달려가 곡괭이를 집어 들고 달려 나가다가, 마침 들어
오는 할아버지 장도리를 들고 오는 박노아와 마주친다.

박노아 에잇, 못이 부족해. 못이! 소란이 넌 어디 가냐?

이소란 외계에서 신호를 보내왔어요!

사이.

대청마루의 전화벨 소리.

박노아   잠깐, 잠깐, 소란아 전화 받고 가라.

이소란   외계인 신호 금세 끊어지는데!

박노아   분명히 새로 발령받은 시청 직원 우직한이야. 아침부터 세금을 독촉하는 거야. 아니, 동물들에게도 세금을 매긴다니 말이 돼? 내가 그동안 낸 세금과 범칙금이 얼마인데! 고얀 놈!

박요리   (부엌에서 큰소리) 거기 누구 전화 좀 받아줘요!

박노아   네 엄마 요리 중에 성가시게 하면 화낸다. 얼른 받아라. 난 캥거루에게 가봐야겠다. 어디서 권투를 배웠는지 자꾸 타조를 때리더라. (하며 퇴장)

이소란   (어쩔 수 없이 전화를 받으며) 여보세요? (사이) 어머 소원아, 잠깐만, 잠깐만, 소원아, 소원아, 천천히 말해, 천천히, 남자랑? 인천공항이라고? 언제? 알겠어. 울지 말고. 흥분하지 말고 차분히 말해 봐. 응. 응. (사이. 별을 보다가 깜짝 놀라서) 어머 얘! 별이 사라지고 있어. 안 돼. 안 돼. (사이. 남편이 쫓기듯이 등장하자) 여보, 전화 받아요. 소원이. 나 외계 신호 왔어.

노배균   처제! (반갑게 수화기를 받으며) 오, 처제, 나야 형부. 미국 생활은 어때? (소란에게) 신호를 받으려면 우물로 가야 빨라!

이소란   거기는 세균이 득실득실해서 싫어!

이과수 (기진맥진 등장) 산으로 갈 거면 바로 뛰어가는 게 편하지 땅굴로 기어가냐?

노배균 우물에서 뒷산 정상까지 땅굴로 연결됐잖아요. 그러니 구불구불 산길을 돌아가는 것보다는 이게 빠르죠. (수화기에 대고) 처제는 이과 출신이니까 내 말 이해하지?

최첨단 (광에서 놀라서) 땅굴! 싱크 홀!

이과수 야, 야, 소란아, 너 지금 뭐 가져가냐?

이소란 (곡괭이를 든 채로) 이거. 안테나.

이과수 야, 곡괭이보다 이게 나아. 자작나무! 이게 우주와 소통하는 나무야. 안테나로 딱이지! (하며 자작나무를 준다)

노배균 (중계방송하듯) 처제, 지금 장인어른이 언니에게 자작나무를 주었음. 오버.

이소란 (곡괭이 대신 나무를 들고 뛰어나간다) 어머, 어머, 사라지고 있어.

노배균 (수화기에) 언니가 자작나무를 들고 외계 신호를 받으러 달려가고 있음. 오버.

이과수 (곡괭이를 광으로 가져가며) 자네는 무슨 혼잣말을 그렇게 중얼거려. 비 맞은 중 마냥.

노배균 (수화기에) 장인 어르신이 나보고 비 맞은 스님이라고 인권 모독을 하였음. 형부 크리스천이거든? 아, 처제는 교회 나가지?

이과수가 곡괭이를 광에 다시 넣는다. 문이 활짝 열리자 최첨단,

황급히 벽에 붙어 숨는다. 이과수는 곡괭이를 최첨단 등에 기대어 놓고 문을 닫는다.

이과수   자네는 전화기 들고 혼잣말로 뭐라고 떠드는 거야? (하고 손가락을 머리에 대고 돌린다)

노배균   (수화기에) 처제, 지금 장인 어르신이 내가 미친 줄 알고 있음. 처제와 통화 중인 것을 아직 모름. 오버.

이과수   처제? 누구? 소원이!

노배균   (수화기에) 이제야 겨우 눈치를 채셨음. 오버.

이과수   (달려와 수화기를 빼앗으며) 소원이로구나. 이야! 우리 막내, 잘 지냈니? 지금 어디야? 미국이야? 여보세요? 여보세요? 뭐야. 뚜 뚜 뚜. 끊어졌잖아.

노배균   아까 끊어졌어요.

이과수   소원이 전화가?

노배균   네. 집사람이 줘서 받았는데 계속 뚜 뚜 뚜….

이과수   계속 뭐라고 주고받았잖아.

노배균   혼잣말이었어요.

이과수   (째려본다) 소원이 전화 아니지?

노배균   그건 모르죠. 저도 집사람이 처제 전화라고 해서 받았는데 뚜 뚜 뚜~

이과수   어허, 이 친구가 정말!

이과수 다시 쫓아가고 노배균 달아난다. 박요리, 밥상을 들고 나온다.

박요리 노 서방 나 좀 도와줘.

노배균 네. (하며 밥상을 받아 대청마루로 올린다)

이과수, 대청마루 처마의 풍경(風磬)을 울린다. 온갖 동물들의 울음소리. 할아버지 장도리 등 공구 도구들을 갖고 들어와 마루 밑에 밀어 넣는다. 우물가로 가서 손을 씻는 둥 마는 둥 등장해서 마루에 올라앉는다. 다정한 아침 시간이다.

박노아 (밥을 먹으며) 타조 한 마리가 도망을 갔어. 겨우 붙잡았는데. 다쳤어. 그래서 다시는 도망치지 못하게 안전하게 조치했어. 요즘 밀렵꾼들이 얼마나 많아.

이과수 그래서 다리를 부러트리셨어요?

박노아 (잘 들리지 않는다) 뭐?

이과수 (크게) 그래야 도망치지 못할 거 아녜요?

박노아 그래서 묶어놨다고!

박요리 아버지가 이해하세요. 이이는 식물학자라서 가지치기도 하고 접도 붙이고 그래요. 전공이 달라서 그래. 다리 하나를 분질러 놓으면 도망 안 가고 좋지 뭐.

노배균 장모님 타조는 다리가 둘입니다. 하나를 분지르면 제대로 서 있지를 못해요.

박요리 깁스하면 돼. 나중에 말 잘 들으면 다시 붙여주면 돼!

노배균	타조는 제비가 아닙니다. 박씨를 물어다 주기는커녕 어린 캥거루만 쪼아대고 있어요.
이과수	아, 오늘 소원이로 알려진 익명의 전화가 왔었다는데 노 서방이 끊었어.
노배균	끊어졌다니까요?
박요리	아유 잘했어. 끊어졌든 끊었든 잘했어.
노배균	(이과수에게) 들으셨죠?
박요리	보나마나 또 다른 대학으로 옮긴다는 얘기겠지 뭐.
노배균	대학원입니다.
박요리	대학 두 번, 대학원 세 번. 지금 다니는 대학이 어디죠?
노배균	대학원.
박요리	(째려본다)
이과수	뉴욕대학인가?
박요리	거긴 맨 처음 지원했다가 떨어진 곳이고요.
이과수	하버드?
노배균	하버드요!
박요리	하버드는 무슨. 거긴 천재들만 들어간다는데. 이이는 딸이 다닌 대학 이름도 제대로 몰라! 미국이고, 무슨 사람 이름 이었는데.
이과수	아, 조지 워싱턴.
박요리	조지 워싱턴이 무슨 사람 이름이에요!
노배균	조지 워싱턴 사람 이름 맞습니다.
박요리	(사이) 아, 맞다. 조지 워싱턴 대학교. 거기 다니다가 어디로

갔죠?

이과수　영국.

박요리　(본다)

이과수　(기가 죽어서) 대학 이름은 까먹었어.

박요리　그것도 사람 이름인데. 그럼 그냥 나라로 갑시다.

박요리　영국에서 유럽으로 가고. 그리스 로마 건축 연구한다고 이탈리아에서 반, 그리스에서 반, 이어서 옆 동네 이집트로 갔다가 다시 미국으로 갔잖아요. 그러니 이번에는 아마도 아프리카나 남미로 간다고 할걸요? 우리처럼 평범한 집에서 어떻게 그런 이상한 애가 나왔나 몰라!

노배균　(계속 손으로 세고 있다) 한국에서 대학교 4년, 그리고 유학 가서 워싱턴대학원 2년, 영국 대학원 2년. 로마 2년. 그리스 2년. 이집트 2년. 그리고 다시 미국으로. 스무 살에 대학에 들어갔으니까 아무리 적어도 35살이네요? 올해 처제 나이가 몇 살이죠?

박요리　스물아홉. 한국에서 건축학과만 제대로 졸업하고 유학 가서는 다 1년씩 다녔어. 그러니까 스물아홉. 맞지? 일 년에 딱 한 번 이맘때 전화가 오지. 엄마 나 이번에 다른 대학으로 옮겼어! 그러니 저이가 대학교 이름 기억 못 하는 것도 다 이해해.

노배균　처제는 왜 이렇게 옮겨 다닌데요?

박요리　할아버지가 약속했거든. 대학 다닐 때까지는 학비를 대주겠다고. 그리고 애 아빠가 약속했거든 대학 다닐 때까지는 결혼 재촉하지 않겠다고. 그래서 제 딴에는 1학년만 다니고 다른 대학으로 계속 옮기는 거야. 한 학기만 다닌 적도 많아. 미친년.

노배균 제 결혼식 때도 안 왔잖아요. 처제를 만나면 따끔하게 혼을 내줘야겠네.

이과수 얼굴을 봐야 혼을 내지. 자넨 평생 볼 일이 없을지도 몰라.

박요리 만년 대학생으로 지구촌 방방곡곡을 돌아다니다가 생을 마감할 거야.

이과수 얼마나 고뇌에 찬 결단이겠어.

박요리 어머, 아버지 어디 가세요?

박노아 오늘 전국 경로당 웅변대회 예선이 있어.

박요리 아 맞다. 오늘이네!

박노아 방주로 가서 동물들에게 한 번 들려주어야겠다.

박요리 어머 내 정신 좀 봐. (호들갑스럽게 안방으로 들어가서 옷을 내어오며) 그렇잖아도 아버지 대회에 입고 나갈 옷을 특별히 주문해서 맞춰 놨는데. 이거 입어보세요. 올해 주제는 뭐예요.

박노아 (옷을 받아들고 방으로 들어가며) 가족.

노배균 우와, 정말 하실 말씀 많으시겠네. 당장에 우리 처제 얘기만 해도 장원 받겠네.

이과수 장원 받으려면 내 얘기가 꼭 들어가야 해. (신이 났다) 장인어른, 저에 대해서는 이렇게 써 주세요. 테오프로스토스 이후의 최고의 식물학자이며 우장춘 박사를 능가하는 대한민국 최고 식물학자라고.

노배균 (벌떡 일어서며) 저는 한국 최초로 노벨상을 받은 뛰어난 천재 세균학자이며 파스퇴르와 쌍벽을 이루고, 칼메트보다도 뛰어난 촉망받는 과학자라고.

이과수 누가?

노배균 저요.

이과수 자네가 노벨상을 받았다고?

노배균 웅변은 다소 과장되어야 더 큰 감동을 주거든요?

이과수 웅변은 정직하고 겸손해야 더 큰 감동이 오는 거야.

노배균 웅변은 과장되게!

이과수 정직! 겸손!

박요리 저는 정직하고 겸손하게, 세계 최고 수준의 식물학자의 아내이자 노벨상을 받는 세균학자의 장모로서 그들의 연구 기간 내내 불철주야 특수 야식을 제공하였으나, 끝내 그들의 만든 종자와 세균에 감염되어 피부가 무화과 잎으로 변하면서 아주 이상한 형태의 나무가 되어 죽었고, 그 나무는 마치 에덴동산의 나무처럼 우리 집 마당에서 자라고 있으며 매월 붉은 달이 뜨는 보름날에 하늘로부터 빛이 내려와….

박노아 (양복으로 갈아입고 나오며) 이미 다 썼어! 제목까지 다 썼어!

가족들 제목이 뭔데요?

박노아 우리 집 식구들 나만 빼고 다 이상해!

다들 멍하니 서로의 얼굴을 본다.

사이.

화색이 돌며 고개를 끄덕이고, 엄지손가락을 내보이며 감탄을 한다.

가족들　　오, 정말 딱 맞는 얘기야. 나만 빼고 다 이상해.

박노아　　(방주 쪽으로 나가며) 다들 올 거지?

가족들　　당연하죠.

이과수　　근데 우리 얘긴데 굳이 가서 들을 필요가…. (사이. 박노아가 쳐다보자)

가족들　　있겠죠! 가야죠!

이소란, 시무룩하게 등장한다.

이소란　　놓쳤어, 놓쳤어. 할아버지 어디 가세요?

박노아　　웅변대회 준비하러 간다.

이소란　　오늘이네요? 제 얘기 썼죠?

박노아　　밥 먹어라. (귓속말로) 맛이 별로다. (퇴장)

이소란　　엄마, 할아버지가 엄마 요리 솜씨가 오늘 최고라는데?

박요리　　알아. 할아버지는 바싹 태운 요리 좋아하시거든.

노배균　　여보, 아까 처제 전화였지?

이소란　　응.

박요리　　소란이 말 들을 것 없어. 외계인과 텔레파시로 통화했겠지.

이소란   (밥을 먹으며) 다음 주에 한국에 온대.

가족들   누가?

이소란   소원이지 누구겠어요?

가족들 밥을 먹다가 말고. 순간 정지 동작으로 소란을 바라본다.

노배균   드디어 처제 얼굴을 보게 되는군.

박요리   (안절부절) 아니 얘가 왜 갑자기 들어온다는 거야. 불안하게.

이과수   잘 됐어! 들어오는 대로 체포해서 시집보냅시다.

이소란   아버지 소원대로 될 거예요. 어떤 남자랑 들어온대.

가족들   (비명을 지르듯) 남자!!!!!!

갑자기 천둥 번개가 친다. 여태 엿듣고 있다가, 탈출할 기회를 보던 최첨단이 재빨리 광에서 나와 박노아가 나간 방주 쪽으로 퇴장한다.

이소란   소원이 소망이 그 남자는 평범한 사람이니까 제발 그날 하루만큼은 우리 집이 평범한 가정으로 보이기를 바란다고, 신신당부하더라고. 울면서.

가족들   그건 다행이네. 우린 평범하니까.

박요리   어떤 남자래?

이소란   그건 나도 몰라. 잡음이 하도 심해서.

박요리   (때리며) 물어봤어야지. 언니라는 년이 어쩜 그리 동생한테

관심이 없니!!

이소란 나 지금 밥 먹고 있잖아.

노배균 밥 먹을 때는 개도 때리지 않는 법인데.

이과수 그건 물릴까 봐 그런 거지.

박요리 지금 밥 먹을 정신이 있어! 밥이 넘어 가! 상세히 다 말해 봐!

이소란 애는 횡설수설하지, 외계에서 신호는 팡팡 오지, 엄마는 레이더를 빼앗아가지, 또 지금 밥 먹다가 얻어터지지, 지금 내가 무슨 정신이 있겠어. 하여튼 저이한테 전화기를 넘겼잖아요. 소원이가 뭐래?

노배균 뚜, 뚜, 뚜 ~

이과수 (등짝을 치며) 지금이 뉴스 시간이냐?

이과수, 박요리 일어나 마당으로 내려선다. 부부는 생각에 잠겨 마당을 이리저리 왔다 갔다 한다.

노배균 (속삭이며) 딸이 온다는데 왜 저리 고민하지?

이소란 당신은 아직 내 동생을 겪어보지 않아서 그래.

노배균 처제 성격이 다이내믹하구나.

이소란 다이내믹하다 못해 버라이어티하지.

노배균 세균들이랑 비슷하네.

이소란 세균은 말이 없지.

이과수 · 박요리 (동시에) 알았다! 소원이 작전을!

박요리	당신 먼저 말해 봐요.
이과수	싫어. 또 핀잔주려는 거잖아.
박요리	속고만 살았어? 어서 말해 봐요.
이과수	여보게, 우리 일하러 가야지.
노배균	네, 아버님.
박요리	어딜 가려고 이 양반이! 어서 말해 봐요.
이과수	이거 놓고 얘기합시다. 거리를 두고. 일단 내 앞에서 다섯 발자국 떨어져요. (사이. 크게 숨을 쉬고) 일단 해외에 눌러앉으려고 미국 남자를 하나 구했지. (아내의 눈치를 살핀다) 처음에는 그냥 친구였어. (눈치를 살핀다) 그러던 어느 날 깊은 관계가 되었지. (눈치를 살핀다) 그리고 둘은 여행을 다니며 연애를 하다가 어찌어찌하여 그놈의 아이를 가지게 된 거야. 그래서….
박요리	(주먹을 내보이며) 하이고, 아버지란 양반이 딸자식 혼전 임신이나 바라고 있으니. 망측한 상상 집어치워요!
이과수	거봐! 내가 말하지 않겠다고 했잖아.
박요리	소란이 넌 밥 다 먹었으면 들고 가서 설거지 좀 해!
노배균	아직 먹고 있는데요!
이소란	왜 나한테 화를 내고 그래! (밥상을 들고 나가며) 좌우지간 소원이 이 계집애 전화만 왔다 하면 집안이 혼비백산 풍비박산이야. 오기만 해봐! (부엌으로 퇴장)
노배균	여보, 마저 먹고 해. 내가 도와줄게. (부엌으로 퇴장)
박요리	계속해 봐요.

이과수　계속?

박요리　(부엌을 힐끔 보고) 곰곰 생각하니까 당신 생각, 일리가 있어서 그래.

이과수　혼내지 않겠다고 약속을 해야.

박요리　알았어. 약속해.

이과수　(자신감이 생긴다) 그래서 소원이가 아이를 가졌다고 말하자 남자는 겁이 나서 도망을 가다가 문득, 난 남자다 책임을 지자, 이렇게 고민을 했고, 정직한 그놈은 자기 집에 자초지종을 말했지. 당연히 그 집에서는 난리가 난 거야!

박요리　그랬겠지. 아이고, 세상에나. 얼마나 놀랐을까.

이과수　게다가 그놈 집안이 엄격한 가톨릭 집안이었어!

박요리　어머나!

이과수　그래서 어쩔 수 없이 아이를 낳았고, 두 사람은 뉴욕 성당에서 결혼식을 올렸어! 그리고 마침내 고민 끝에 우리에게도 허락을 받으러 잠시 귀국하는 거지.

박요리　허락은 무슨! 통보지 통보! 이년이 그러니까 5년 동안, 이 대학 저 대학 다닌다고 사기를 치고? 하이고 세상에나! 언제 애를 낳았대요?

이과수　아이를 낳은 것은 5년 전인지 3년 전인지 정확히는 알 수 없어. 하지만, 떡하니 아이를 안고 올 가능성은 농후해.

박요리　사돈댁은 부자래요?

이과수　(눈치를 살피고) 아주 큰 부자지!

박요리　맞아, 큰 부자일 거야. 듣고 보니 당신 말이 맞을 것 같아.

(상상하니 자꾸 기분이 좋아져 피식 웃는다) 부자라니. 아휴 자식들 길러봐야 아무 소용없어. 아, 창피해. 종갓집에서 코 큰 부잣집 남자를 사위로 얻다니. 조상님 볼 면목이 없네.

이과수 (우물 속으로 들어가며) 내가 너무 그럴듯하게 말했나? 난 외국인 사위 괜찮은데. 아무렴. 노 서방보다는 낫겠지.

하는데, 노배균이 부엌에서 나온다.

노배균 처제 남자친구가 외국인이래요?

하는데, 동물들의 울음소리가 무대를 뒤덮는다. 이과수 우물에 반쯤 걸려 있고, 노배균 무슨 일인가 달려 나가려는데,
사이.
박노아가 웃으며 등장한다.

박노아 이 사람이, 내 웅변 연설을 듣고 크게 감동했다는군!

이과수 (우물 속으로 다시 들어가며) 장인 어르신도 참. 거기 사람이 어디 있어요. 짐승들 오줌똥밖에 없을 텐데.

박노아 들어오시게!

최첨단 (머쓱하게 들어온다) 실례합니다.

이과수 어? 누구시죠? 어떻게 들어갔지?

박노아 그게 중요한 게 아니야. 내 연설에 감동했다는 사실이 중요하지.

최첨단   아, 네. 할아버지 연설에 눈물을 흘린 사람입니다.

박노아   정부가 밀렵을 단속하니까 농가로까지 내려와 온갖 가축들까지 사냥하고 다니는 미친놈들이 있다고. 그놈들을 추적하고 있다고….

최첨단   이 집에도 밀렵꾼들이 노리는 동물이 많다는 소문이 있고 해서….

박노아   헌데, 눈을 씻고 찾아봐도 동물들이 한 마리도 보이지 않았다는구나.

최첨단   그래서 위험을 무릅쓰고 문을 슬그머니 밀고 우리 안으로 들어갔어요.

노배균   (놀라며) 손으로 울타리 문을 열었다고요? 장갑도 안 끼고?

최첨단   장갑이라니요?

이과수   거기 문짝에 특수 항균용 장갑이 몇 개 매달려 있었을 텐데.

최첨단   아, 있었죠. (웃으며) 왜 이러십니까. 저는 도둑이 아닙니다. 남의 물건에 손을 대지 않아요. 장갑은 전혀 건드리지 않았으니 염려 마십시오. 들어가서 계속 걸으니 지하로 내려가는 동굴이 있더라고요? 그래서 그리로 내려가는데 갑자기 그 동굴 안에서 할아버지 연설이 들리기 시작했어요. 가만히 숨어서 듣다 보니 엉망진창인 우리 집 상황과 너무 비슷해서 그만 눈물을 쏟고 말았죠. 그 바람에 들키고 말았지만.

박노아   들었지? 올해는 확실히 장원이야. 삼 년 연속 장원했다며 큰소리 뻥뻥 치는 방앗간 최 영감, 그 영감탱이 코를 납작

하게 해줘야지. 일단 황 여사에게 먼저 들려주러 가자. (하고 연설문을 꺼내 읽으며 대문 밖으로 나간다)

노배균 분명히 울타리 문짝을 만졌죠?

최첨단 만졌죠.

이과수 그걸 만졌어?

최첨단 만지지 않고는 문을 열 수가 없죠. 발로 밀고 들어갈까 했지만, 그것은 대한 예의가 아닌 것 같고. 그래서 손으로 밀고 안으로 들어갔죠. 왜요?

노배균 거기 균을 발라놨는데?

최첨단 균이요?

노배균 데인저(DANGER)가 없어요?

최첨단 데인 적은 없는데요?

노배균 아니 데인저 간판. 디에이엔지이알. 그 옆의 간판 못 봤냐고요.

최첨단 (웃으며) 아, 그거. 봤죠. 근데 그건 누구나 다 써 붙이는 거잖아요. 개. 조. 심. 뭐 그런 거랑 비슷한 거죠. 저는 산전수전 다 겪은 사람입니다. 어지간한 동물들도 제게는 달려들지 못합니다. 아프리카에서 특수훈련을 받았거든요.

노배균 아버님 지금 당장 준비해 주세요. 얼른.

이과수 난 세균 만지기 싫어. 뭐가 뭔지도 모르고 그러니 자네가 가져와야지.

노배균 아, 이미 절반은 들어가셨잖아요. 해독제하고 수술용 장갑도 가져오시고요. 자, 고객님 눈을 감으세요.

최첨단 왜 그러시죠?

이과수, 우물 속으로 들어간다.

노배균 눈알이 갑자기 튀어나와 즉사할 수도 있어요. 우리 몸에 구멍이 많잖아요. 다 뚫렸는데 거긴 막혔잖아요. 그리로 압력이 터지는 거죠. 혹시 그 손으로 눈은 만지지 않았죠?

최첨단 헉! 눈도 만졌는데요!

노배균 눈을! 이런 세상에!

최첨단 할아버지 연설이 감동적이어서 눈물을 닦느라고.

노배균 말하지 말아요! 이미 눈을 타고 이비인후로 내려갔고 입을 벌리면 공기와 접촉되어 균이 퍼지면서 혀가 굳거나 찢어지면서 피를 토할 수 있어요. 자자, 이 상태 그대로. 천천히. 심하게 움직이시면 안 됩니다. 균독이 온몸에 순식간에 퍼져 사망할 수도 있어요.

최첨단 서서히 울상이 되어 눈을 감고 시키는 대로 한다. 노배균 부지런히 움직이며 테이프를 가져와 최첨단을 묶는다.

이과수 (소리) 토마토 옆에 있는 거지?

노배균 네, 수술용 칼과 가위도, 주사기도 가져오세요.

사이.

이과수, 우물에서 나온다. 나무에 물을 주는 소형 물뿌리개와 여러 봉투를 가지고 나온다.

노배균 일단, 잘라내야죠.

최첨단 (눈을 감은 채) 음, 음, 음, 음, 음?

노배균 해독제 넣으셨죠?

이과수 넣었지. 뿌려?

노배균 네. 일단 눈에. 그리고 손에.

온몸에 물을 뿌린다.

최첨단 (비명을 지른다) 음, 음, 음.

노배균 이제 눈을 떠도 됩니다.

최첨단 음. 음. 음.

노배균 말을 해도 됩니다.

최첨단 (눈을 감은 채) 진짜 떠도 됩니까?

이과수 평생 감고 지내시던가.

최첨단 눈을 뜬다. 눈동자를 굴린다. 묶여 있는 자신을 발견한다.

최첨단 아직 몸을 움직이면 안 되는 거죠?

이과수 경찰이 올 때까지는.

최첨단 네?

이과수　　무단 가택침입을 했잖아? 뭐해! 경찰을 부르지 않고.

노배균이 전화를 들고 다이얼을 돌리는 사이.
우직한, 대문으로 등장한다.

우직한　　계십니까. 시청 공무원입니다. 시민들의 민원이 쇄도해서
　　　　　　전해드리려고 들렸습니다. (하다가 깜짝 놀란다) 이게 무슨 일
　　　　　　이십니까? (사이) 아니 이분은…?
이과수　　잘 아시는 분인가 봅니다?
우직한　　(즉각) 아, 아닙니다! 처음 보는 사람입니다.
최첨단　　이봐, 자네 날 잘 알잖아. 내가 누군지.
우직한　　쉿! (최첨단에게 속삭이며) 모르는 척을 해야 합니다. 잊으셨
　　　　　　나요?
이과수 · 노배균 · 우직한　　(동시에) 그런데 무슨 일로?

하고는 서로를 번갈아 본다. 그러다가 시선이 우직한 쪽에 머문다.

우직한　　아, 저기 저쪽 뒷산까지가 댁의 땅이시죠, 그런데 갑자기
　　　　　　그 뒷산 옆으로 세 개의 작은 동산이 생기더니 거기에서
　　　　　　각종 동물 소리가 난다고 신고가 들어왔습니다.
노배균　　신고요? 언제요?
우직한　　일 년 전에요.
이과수　　시청에 오신 지 얼마 안 됐죠?

우직한　도청에서 근무하다가 지난달에 이리로 왔습니다. 서류를 살펴보니 일 년 전부터 주민들의 신고가 들어왔었다고 들었습니다. 보세요. 저기 저 나지막한 산은 분명히 작년에 없었던 거죠?

이과수　산과 골이 생기고 사라지는 자연의 이치를 누가 알겠소.

우직한　하지만 박사님 댁에서 어마어마한 전력을 사용하고 있잖아요. 선생님이 박사님이라고 들었습니다.

이과수　박사는 맞소만 여긴 내 집이 아닙니다. 장인어른 댁입니다.

우직한　하여튼 한전에 알아보니 전기세도 많이 밀리셨다고 합니다.

노배균　계량기가 문젭니다. 여길 둘러봐요. 이런 집에서 전기를 써봐야 얼마나 쓰겠습니까?

우직한　누가 압니까? 전기 먹는 외계인이 이 집에 숨어 사는지. 이것 받으십시오. 잘 읽어보시고 해당 사항에 체크 하여 주시고… 동물들도 다 세금을 내야 합니다. 그래서 파악 중입니다. 동물이 몇 마리죠?

이과수　(억울하다는 듯) 동물이라니요?

우직한　밤마다 동물 울음소리가 나고 실제로 그림자를 봤다는 사람들도 있어요. 반려동물인 개와 고양이. 그리고 소, 돼지, 토끼, 닭, 오리 등등 가축은 물론 다른 특수동물들까지 다리 숫자에 맞게 다 계산해서 내셔야 합니다.

이과수　이게 말이 돼!!! 양도 소득세가 있다고 해서 어처구니가 없었는데! 아니, 양이 소득이 있어? 무슨 소득이 있어? 양털 팔아서 세금 내라고? 그것으로도 모자라 이제 양에서 전체 동물에게로 확대 적용한다는 거야?

우직한 양도 소득세는 양한테 매기는 소득세가 아닙니다!

노배균 뱀은 안 내도 되죠?

우직한 뱀도 내야죠.

노배균 다리가 없는데여?

우직한 (생각) 뱀은 내지 않아도 됩니다. (서류를 내밀며) 자, 그걸 읽어보시고 동물 종류와 수량을 적어주시면 됩니다.

최첨단 (큰소리로) 이봐요, 공무원 나으리. 동물에게 세금을 매기다니! 중세시절 면죄부를 파는 것보다 더 기막힌 얘기네! 시장님 뜻이오?!!

이과수 (큰소리로) 면죄부! 아주 똑똑해! 내 사위로 삼고 싶구먼!

이때, 안방 문이 확 열리며, 박요리가 흥분하여 대청마루에 떡하니 선다.

박요리 사위가 벌써 왔다고요? 아니 다음 주에 온다면서…. (이과수가 손짓하자, 사태를 예의 주시한다)

이소란 (설거지 장갑을 끼고 나오며) 무슨 일이에요?

박요리 저 두 사람 가운데 하나가 내 사위란다. 다행히 코 큰 외국인이 아니야.

이소란 소원이는 어딨어요?

잠시 서로를 바라보다가, 우직한 계장이 침착하게 말한다.

우직한　사람도 동물도 다 함께 잘 살기 위한 길입니다. 인구가 자꾸 줄어드니 반려동물에게도 세금을 부과하고 동물들의 권리도 보장하자는 취지이지요. 앞으로 반려동물에게 재산 상속도 가능합니다. 그래서 시민들의 의견을 묻는 전수조사를 시작했습니다. 반대한다면 거기 마지막 찬반 의견서에 반대를 찍으시면 됩니다.

노배균　(찢으며) 찢으라고요?

우직한　(흥분하며) 아니, 찍으라고요! 국가에서 발행하는 문서를 찢다니. 이건 정부에 대한 저항이고 반란입니다! 그리고 저 사람은 왜 묶어 놓은 겁니까! 당신들 혹시 테러 집단입니까!

이과수　이 사람은 무단으로 가택침입 한 사람이오.

우직한　다 까닭이 있어서 그런 겁니다! 저분은 청와대에서 특수임무를 띠고 오신 분입니다. 당장 풀어주세요!

가족들　청와대!!!

노배균, 장인의 눈치를 보고 최첨단을 묶어 놓은 테이프를 허겁지겁 끊어낸다. 최첨단은 가볍게 운동을 한 뒤에 가족들을 훑는다.

최첨단　자네는 입이 너무 가볍군.

우직한　죄송합니다. 가시지요.

최첨단   병원으로 먼저 가세.

우직한   가택침입을 하셨다니 먼저 경찰서로 모시고 가겠습니다.

최첨단   투철한 공무원 정신. 정말 훌륭해.

두 사람, 대문 쪽으로 퇴장한다.

박요리   청와대라는 쪽이 사위가 되면 좋겠네.

이소란   아빠, 소원이는 어디 있어요?

이과수   소원이가 왔어? 어디?

사이.

우물 속에 연기와 함께 나무 넝쿨이 올라온다.

노배균   어, 어, 장인어른 아까 뭐 건드리셨어요?

이과수   아니? 왜?

노배균   (우물을 가리키며) 저기 좀 봐요.

이과수   저런. 자네, 내 식물에 이상한 세균 주사한 거 아냐? 이 사람이!

박요리   청와대….

서서히 조명이 어두워진다. 막.

제 2 막

일주일 후.

막이 오르면, 빈집, 저녁 달빛이 고요하다.
사랑방에는 새 이부자리가 곱게 깔려 있다. 이소란이 큰길에서
허겁지겁 달려 들어온다. 분주하게 움직이며 가족들의 위치를 확
인한 후, 대청마루에 올라가서 소리친다.

이소란   와요, 온다고요!! 자, 자, 빨리 제자리로 돌아가세요. (고래고
         래 소리 지르며) 자, 자, 각자 위치 정위치 바랍니다. 위치 체
         크 합니다. (방주 쪽을 보며) 할아버지!

박노아   (소리) 할아버지 박노아, 방주 쪽에 스탠바이 이상 무!

이소란   아버지!

이과수   (우물에서 손을 내밀고 흔들며) 아버지 이과수, 우물 속에 스탠
         바이 이상 무!

이소란   엄마!

박요리   (소리) 엄마는 부엌에서 스탠바이 이상 무!

이소란   이름이 빠졌다. 다시!

박요리   엄마 박요리, 부엌에서 스탠바이 이상 무!

이소란   좋아요. 마지막으로 사랑하는 우리 여보! (대답이 없다) 여
         보! 노배균 씨! 노배균! 응답하라 노배균! 아니 이 양반이

도대체 뭐 하는 거야!

노배균, 투덜대며 광에서 소리친다.

노배균	(소리) 남편 노배균, 창고에서 잠복근무 중, 이상 무!
이소란	아니 당신이 왜 광에 들어가 있어?
노배균	(소리) 장인어른이 우물 속이 좁다고 해서 이리로 밀어 냈어.
이과수	(소리) 저 자식은 항상 내 핑계야!
이소란	자, 자, 각자 원위치. 레디… 고!!!!!

이소란 대청마루 너머 뒤뜰로 사라진다.

무대는 잠시 정적이 흐른다.

사이.

이소원과 그의 연인 권성치, 등장해서 대문을 지나 집안으로 들 어선다. 두 사람은 대형 짐가방을 끌고 있다. 그들은 노배균이 숨 어 있는 광을 지난다. 마당에 선다.

이소원	아, 정말, 하나도 안 변했네.
권성치	우와 진짜 오래된 집이네. 저 기왓장 좀 봐. 와당 좀 봐. 와 당에 도깨비 문양이 있어.
이소원	우리 계약 잊지 않았지?
권성치	저기 장독대. 우와 몇 개야. 처마 밑 풍경 좀 봐. 와. 예쁘다.

이소원   (그의 발을 밟으며) 딴청 피우지 말고 계약서 다시 꺼내서 읽어봐.

사이.
광에 조명이 들어오면, 노배균이 문에 바짝 붙어서 이들의 대화를 엿듣고 있다.

노배균   계약?

권성치   (안 주머니에서 꺼내어 읽는다) 사랑하는 소원에게…. (급히 편지를 숨긴다)

이소원   지금 뭐라고 했어?

권성치   아니야, 아니야. (다른 안주머니에서 계약서를 급히 꺼내어 읽는다) 계! 약! 서! 갑 이소원과 을 권성치는 갑의 고루한 집안으로부터의 완전한 탈출과 개성 있고 자유로운 삶을 구현하기 위하여 다음과 같이 계약한다.

이소원   선서부터 하고 다시 읽어.

권성치   아, 선서! 우리는 정식 부부가 아니므로 나는 여기에 쓰인 모든 계약을 엄히 준수한 것을 선서합니다!

노배균   계약 부부? 헐. 녹음해야 해. 녹음 시작. (하고 휴대폰으로 녹음하기 시작한다)

이소원   조용히 읽어. 누가 듣겠어.

권성치   (작은 소리로 읽는다) 일. 우리는 정식 부부가 아니다. 이. 부부 연기는 암기된 사항을 잘 준수하여야 한다. 삼. 상황에 따라 손을 잡을 수는 있으나 3초 이상 붙잡고 있으면 안 된다. 사. 잠잘 때는 갑의 요구만큼 떨어져서 잔다. 오. 부득이한 경우….

이소원 네 가지밖에 없었는데?

권성치 4는 불길한 숫자라서 내가 한 가지 조항을 더 적어 넣었어. (읽는다) 오. 부득이한 경우 부부를 증명하기 위해 뽀뽀를 할 수는 있으나 진한 키스는 아니 된다.

이소원 쳇. 그럴 일은 절대로 없을 거야. 맘대로 해.

권성치 고마워. (읽는다) 을이 위 조항을 하나 이상을 어길 시에는 갑에게 벌금으로 10만 달러를 지급한다. 갑은 계약 수행 완료 시, 을에게 을이 지정한 장소와 시간에 데이트를 보장하되 데이트는 주간 야간을 합하여 총 5회를 넘지 않는다. 단, 야간 데이트는 2회 이내로 제한한다. 이 계약서에 명기 되지 않은 사항은 갑과 을이 협의하여 결정하되 분쟁이 생기면 뉴욕법원에서 해결한다. 이상.

이소원 계약 내용을 잊지 마. 그리고 명심해. 우리 가족들 나만 빼고 다 이상해. 그러니 정신 바짝 차려야 해.

권성치 근데 만약에 진짜 잤냐고 물어보면 어떡해?

이소원 벌써 몇 번을 묻는 거야. 잘 암기해! 우린 교회에서 만났고, 부활절에 센트럴 파크에서 첫 키스를 했으며, 성탄절에 브로드웨이에서 뮤지컬 시카고를 본 바로 그날 밤 브루클린 호텔에서 첫날밤을 보냈지. 정말 황홀한 밤이었어. 그렇지 않아?

권성치   그래 정말 황홀했지.

이소원   별로 황홀한 표정이 아닌 걸?

권성치   긴장해서 그래.

이소원   너무 긴장하지 마.

소원이 성치를 구석에 데리고 간다. 두 사람 조용히 파이팅을 외친다.

권성치   잠깐만. 그런데 소원이 너도 우리 집안에 대해 더 상세히 알아야 되잖아?

이소원   나 못 외워. 그냥 부모님이 물으시면 네가 알아서 대답해. 그럼 난 고개만 끄덕일게.

권성치   그게 좋겠다. 근데, 원래 이렇게 조용해?

이소원   아닌데. 무슨 일을 꾸미는 거 아냐? (크게 심호흡한 후, 소리친다) 할아버지, 엄마, 아빠! 저 왔어요!

대답이 없다. 두 사람 긴장하여 살핀다.

갑자기 폭발음이 들린다.

두 사람 깜짝 놀란다. '노아 스퀘어 마운틴 기지에 오신 것을 환영합니다' 하는 스피커 소리가 들린다. 온 가족들이 우물, 창고 등 사방에서 등장하며 두 사람을 반긴다. 모습이 각양각색이다.

이소란   (메가폰을 들고 대청마루에 서서) 먼 길 오시느라 수고가 많으셨습니다. 우리 노아 스퀘어 마운틴 기지에 오신 것을 진심으로 환영합니다.

이소원 (놀란 성치에게 태연히) 봤지? 시작이야. 긴장해야 해.

이소란 할아버지 등장!

박노아 (뱀 모양의 비닐 목도리를 두르고, 머리카락에는 닭 깃털 한두 가닥 붙어있다는 모자를 썼다) 환영한다, 소원아~

이소원 네, 할아버지, 강녕하셨어요?

이소란 엄마 등장!

박요리 (목도리를 만지며) 아버지, 오늘만큼은 평범하게 보였으면 한다고 했잖아요.

박노아 그래서 무난하게 목도리만 좀 했지. 오늘 저녁은?

박요리 막내 사위를 위한 특별요리를 준비하였습니다. 근데 이이는 토마토 가지러 가서 왜 이렇게 늦지?

사이.
우물에서 토마토가 하나 올라오는데 크기가 무척 크다.

이과수 (우물에서 소리치며) 여보, 이것 좀 받아줘!

이소란 아빠 등장!

박요리 (토마토를 겨우 들며) 아니 무슨 토마토가 이렇게 커요?

이소란 내 남편 등장!

이소원, 권성치 깜짝 놀란다.

노배균은 유쾌하게 서양식으로 인사를 한다.

노배균　　환영합니다. (토마토를 보고 놀란다. 달려가서) 아니, 이게 뭐예요?

이과수　　자네가 알지, 내가 어떻게 아나? 사람 다닐 길도 없어.

노배균　　그저게 곰팡이 성장호르몬을 토마토에 살짝 투여한 건데.

이과수　　얼른 내려가서 정리해.

노배균　　네.

이소란　　잠깐, 노래 시작!

가족들이 대왕 토마토를 들고 한 소절씩 춤을 추며 노래를 부른다. "나는 야 주스 될 거야. 나는 야 케첩 될 거야. 나는 야 춤을 출 거야. 멋쟁이 토마토. 토마토!"
사이.
소원과 성치는 어안이 벙벙하다.
노래와 춤이 끝나자 노배균은 서둘러 우물 속으로 들어간다.

이소란　　할아버지, 소원이 왔는데 계속 세워둘 거예요? 먼저, 노아기지 탑승 자격 확보를 위한 간단한 질문이 있겠습니다. 총사령관님께서 친히 집전해주시겠습니다.

박노아, 대청마루로 오른다.

이소란	박수 부탁합니다.

일동 박수.

박노아	우리 기지 탑승을 환영합니다. (성치에게) 나이는?
권성치	31살입니다.
박노아	고향.
권성치	핀란드입니다.
이과수	오, 산타클로스!!
박노아	좋아하는 동물은?
권성치	네? 순록입니다.
이과수	루돌프~!!
박노아	좋아하는 식물은?
권성치	자작나무입니다.
이소원	자작나무?
권성치	어릴 때 집 뒤에 자작나무 숲이 있었어. 거기에서 뛰어놀았지.
이소원	그건 나도 몰랐네?
이과수	자작나무, 점점 맘에 드는군.
박요리	(소리치며) 좋아하는 음식은?
권성치	참나무 애벌레 무침입니다.
박요리	어마나!!! 내가 잘하는 요리야.
권성치	어머님 유튜브 방송을 보았습니다.

박요리   준비된 사위로군. 세균만 들여다보는 노 서방과는 차원이
         달라.

이소란   자, 자, 지방 방송은 꺼주십시오.

박노아   아버지는?

권성치   토건사업을 하십니다.

박노아   어머니는?

권성치   (침울) 하늘나라에 계십니다.

         사이.
         가족들 민망한 듯 서로를 본다.

박노아   아, 아, 천국의 개척자로군. 우리보다 빨리 갔어. 아주 훌륭
         한 분이야! (사이. 가족들 박수를 보낸다) 형제지간은?

권성치   형님이 한 분 계십니다.

박노아   결혼은 하셨나?

권성치   네. 이탈리아 어디엔가 사시는데, 정확히 어디인지는 잘
         모릅니다.

박노아   합격! 그걸 알고 있었다면 불합격이야. 자, 승선을 허락하
         노라.

         가족들 일제히 박수를 보내며 환영한다.

이소란   다음은 노아 기지의 식물학자 플랜트 사이언스 본부장님

을 소개하겠습니다.

이과수가 순식간에 마술처럼 꽃다발을 만든다.

이과수   (꽃을 주며) 환영하네. (소원의 배를 보며) 보아하니 애는 없는 것 같고. 자작나무를 좋아한다니 나와 통하는 것이 있어. 술은 좀 하시나?

이소란   다음은 노아 기지의 우주식량 및 기지 전반에 걸친 행정을 담당하시는 분을 소개합니다.

박요리   (마당을 지나 사랑방으로 간다) 좋아하는 애벌레 무침은 여기 계시는 내내 드실 수 있을 겁니다. (문을 열고 이불을 보여주며) 여기가 당분간 기거하실 소원 캠프입니다. 작아 보이지만, 펼치는 순간 에어가 작동하며 편안한 2인용 캡슐이 될 겁니다.

이소란   다음은 노아 기지의 세균학자 바이탈 사이언스 본부장님은… 지금 우물 밑에서 작업 중이시고, 끝으로 저는 우주생명체와 교신하고 있는 텔레 폴리테이너 이소란입니다. 다음으로 우리 기지에 사는 지구생명체 소개가 있겠습니다. 다음으로 우리 기지에 사는 지구생명체 소개가 있겠습니다. (동식물 소개는 음악과 함께 숨 가쁘게 진행된다) 우리 할아버지가 가장 사랑하는 동물 코끼리 미미! 제가 좋아하는 막창이~ 코뿔소, 우리 집 셰프 박의 향신료를 제공하는 스컹크, 제 남편을 닮은 몽몽이, 원숭이. 아버지를 닮은 스넥끼! 뱀이 있구요. 사자, 캥거루, 타조, 오랑우탄 북극 곰 등등 하. 너무 많아서 이름 하나하나 말씀드리려면 하루를 꼴딱 새야 하거든요. 다음으로는 식물 소개가 있겠습니다. 먼저 파리지옥! 이 파리지옥이 바로 저희 엄마 아빠 부부싸움의 원인이 되죠. 다음으로 탄이탄 아룸. 시체꽃. 세상에서 가장 높이 자라는 꽃이죠. 여기서 우리 박사님들이 연구를 통해 더 높이 더~ 높~이~ 키우는 실험을 하고 있죠. 북두칠성에 닿는 그 날만을 기다리며. 다음으로 원숭이 난초, 무지개나무, 해골씨앗, 드라세나드라코, 끈끈이주걱, 개불알풀, 까마중, 가지괭이눈 등 이도 마찬가지로 더 많은 식물이 있지만, 차차 알아 가시도록 하겠습니다. (숨도 쉬지 않고 말하여, 기진맥진, 대청마루에 그대로 쓰러진다)

권성치   그게 다 어디에 있나요?

박노아   저 우물 밑에 있지.

권성치   (웃으며) 에이, 설마요.

이소원   (쏜살같이 귓속말로) 물어볼수록 넌 수렁에 빠지는 거야.

이과수   믿을 수 없는 표정인데? 그럼 나를 따라오게나.

이소원   아빠! 이 사람 피곤해요. 비행기 열여덟 시간을 타고 왔다니까. 엄마!

박요리   나중에 구경시켜줘요. 피곤하다잖아.

권성치   아니, 안 피곤합니다. 구경시켜 주세요.

이과수   집안 식구가 되려면 당연히 두루두루 알아둬야지. (우물로

들어간다)

박노아 그럼 나는 방주로 가서 기다려야겠다. (퇴장)

소원, 성치를 붙잡아 끈다.

이소원 아빠가 묻는 말에 조심해서 답변해. 알았지?
권성치 걱정하지 마.

우물 속에서 손이 쑥 올라오더니 빨리 오라는 듯이 손짓한다.

권성치 네, 갑니다. (들어간다)
이소원 저는 짐 정리 좀 해야겠어요. 피곤해. 모두 안녕히 주무세요. 낼 아침에 만나요.
박요리 소원아.
이소란 엄마! 소원이 피곤하다잖아요. 내가 도와줄게. (짐을 옮긴다)
이소원 언니, 나 혼자 할게. 엄마도 쉬세요. 내일 얘기해요. 내일.
박요리 그래도 소원아 5년 만에 집에 왔는데….
이소란 엄마! 소원이 간섭받기 싫어서 유학 간 거 알죠? 엄마가 자꾸 이러면 얘 다시는 집에 안 돌아와. 엄마 10시야. 유튜브.
박요리 어머, 어머, 야식 방송. (허겁지겁 부엌으로 퇴장)

무대가 조용해지자, 소란이가 쏜살같이 소원을 붙잡아 사랑방 툇마루에 앉힌다.

이소란 소원이 너 솔직히 말해 봐. 너 탈출 작전이지? 딱 보면 알아. 나도 그랬어. 결혼한 것처럼 꾸며서 탈출하려고. 근데 네 형부가 처음 인사하러 온 날에 할아버지와 아버지의 원대한 계획을 듣고는 하룻밤에 홀딱 반해서 나와의 계약이고 뭐고 그냥 여기 주저앉았지. 여기서 결혼식을 올렸어. 할아버지가 주례를 봤고. 아마도 제부도 마찬가지일 걸. 표정 봤지? 신이 나서 우물 속으로 들어가는 거.

권성치 (소리) 우와-!!!!

이소란 들었지? 이제 시작이다.

권성치 (소리) 우와-!!!!

이소원 형부는 생각보다 잘 생겼네?

이소란 내가 얼굴만 보잖아! 남자는 얼굴이야! 하여튼 여기서 탈출하려면 네 신랑을 확실히 교육해야 해. 언니의 실수를 답습하지 마라.

이소원 이거, 언니 결혼 선물. 특수 안테나. 땅 밑의 개미들 대화도 엿들을 수 있대. 소음이 없으면 별이 속삭이는 소리도 듣는대.

이소란 어머.

이소원 이건, 아빠 나무 씨앗. 무두셀라. 숨겨서 들어오느라고 혼났어. 이거 할아버지 모자. 이 안에 보아 뱀이 들어 있을지 몰라. 이건 엄마 요리 도구. 이건 형부 주려고 가져왔는데.

맘에 드나 모르겠네.

이소란　뭘 이런 걸 다 사 오니. 우리한테는 네가 선물인데.

이소원　언니 나 피곤해. 닦고 올게.

무대가 어두워진다. 소란이는 선물 꾸러미를 살핀다.

막.

제 3 막

2막으로부터 두어 시간 후.

밤이 깊다. 이소원과 권성치, 사랑방에 누워 있다. 노배균이 등장하여 주변을 두리번거리다가 슬그머니 사랑방을 엿본다. 녹음기를 바짝 방문에 대고 있다.

사이.

선물 받은 이어폰 안테나를 착용한 소란이 등장하여 소리를 듣기 위해 바닥을 긴다. 그러다가 남편을 발견하고 다가가 툭 친다.

노배균   엄마야! 쉿! 조용해.

이소란   괜히 들켜서 창피당하지 말고 얼른 들어가요.

노배균   근데 처제 부부 말이야. 이상해.

이소란   (계속 별을 보며) 무슨 소리야?

노배균   서로 멀리 떨어져서 자는 것 같아.

이소란   우린 지금까지 5년 동안 떨어져서 잤네요. 그래서 아기도 없고. 덕분에 난 처녀 몸매를 유지하고 있고요.

노배균   그거야 당신이 외계 신호를 받을 때까지는 아이를 가질 수 없다고 해서.

이소란   남자가 그렇게 용기가 없어서야.

노배균   그럼, 오늘 밤, 우주를 창조하는 숭고한 작업을….

이소란　어머, 어머, 신호가 잡혔어. (밖으로 뛰어 나간다)

노배균　여보. 우주 엄마. 우주 엄마. (하며 따라간다)

하는데 사랑방 문이 열리고 권성치, 소변이 급한지 바지춤을 붙잡고 밖으로 나온다. 마당에서 두리번거리다가 방주 쪽으로 퇴장한다.

사이.

코끼리 소리에 놀라 바지도 제대로 못 추기고 헐레벌떡 다시 등장하여, 후다닥 방으로 들어간다. 동시에 이소원이 비명을 지르며 일어선다.

이소원　악. 너 미쳤어? 바지는 왜 벗은 거야.

권성치　코끼리 소리에 놀라서 달려 들어오는 바람에.

이소원　무슨 짓을 하려고 한 거지. 올려!

권성치　(손을 올린다. 바지가 내려간다) 어.

이소원　(눈을 가리며) 바지 올리라고!

권성치　아아, 미안. 나 당황했나 봐.

이소원　당황? 나 잠들었을 때도 슬그머니 안았잖아!

권성치　하지만 바지는 오해야. 오줌이 마려워서 나왔는데 화장실을 찾지 못해서 그냥… 밖에서… 근데 갑자기 코끼리 소리가….

이소원　도저히 불안해서 너랑 같이 못 자겠어. 비켜.

권성치　가족들이 뭐라고 생각하겠어.

이소원	비켜.
권성치	너 정말 계속 이러면 나도 그냥 미국으로 돌아간다.
이소원	맘대로 해. 계약위반자야!
권성치	소원아. 너 정말.

이소원이 잔뜩 화난 표정으로 맨발로 뛰어나와 대문 밖으로 나가버린다. 성치도 맨발로 쫓아 나갔다가 빈손으로 돌아와 분을 삭이지 못해 마당을 왔다 갔다 하며 발을 찬다. 그러다가 대청마루에 있는 요강을 발견하고 흔들어보고는 거기에 있는 것을 다 마셔버린다.

권성치	제길, 마음이 진정되지 않으니 물맛도 찝찝하고 이상해. 아, 저 불같은 성질. 정말 성격 이상해.

성치가 한숨을 푹푹 내쉬는 사이, 안방에서 이과수 나온다. 잠결에 비틀거리며 더듬더듬 무엇을 찾는다. 요강이다. 그러다가 권성치를 발견한다.

이과수	자네 왜 여기 앉아있어? (하며 요강에 오줌을 눈다)
권성치	잠이 오지 않아서요.
이과수	침대에서만 자다가 바닥에서 자기 힘들지.
권성치	어? 아버님 지금 뭐 하시는 겁니까?
이과수	종자 증식에 필요한 비료 만들고 있잖아.

권성치 (파랗게 질리며 헛구역질을 한다) 욱. 욱.

이과수 이걸 먹었어? (웃는다) 소원이는 자?

권성치 (한숨 내쉬며) 고백할 게 있어요. 아버님은 대화가 통하시는 분이니까. 사실, 솔직히 말씀드리면… (사이) 소원이가 갑자기 맨발로 집을 나갔어요.

이과수 그랬군. 맨발로 (하며 달을 본다) 오늘이 보름이로군.

권성치 네, 달이 밝네요. 둘 사이에 작은 오해가 있었죠.

이과수 소원이를 이해해야 한다. 소원이가 제 어미를 닮아서 몽유병이 있어. 오늘 같은 보름날이면 심해지지. 몰랐나? 그래도 꼭 제 자리는 찾아온다네. 아침 되면 옆에 누워 있을 거야.

권성치 저는 소원이를 정말 사랑합니다.

이과수 누구나 다 처음에는 푹 빠져서 사랑해. 나도 처음에는 소란이 엄마를 정말 사랑했다네. 진짜야.

노배균 (헐떡이며 등장) 저는 지금도 우주 엄마를 사랑합니다. 저를 보세요.

이과수 왜 그렇게 땀에 절었어?

노배균 사랑의 땀이죠.

이과수 드디어, 우주를 만들었군!

노배균 아니요. 열심히 쫓아갔지만, 북극성만 보면서 뛰는데 어찌나 빠른지 놓치고 말았죠.

권성치 소원이는 저에게 북극성입니다. 제 인생의 나침반입니다. 반지의 제왕에서의 절대 반지입니다. 소원이 없이는 단

하루도 살 수 없어요. 근데 오늘 제게 화를 내며 나갔어요.
제가 바지를 벗었다고요.

울먹울먹하다 운다. 이과수가 위로하듯 등을 토닥인다.

이과수 바지를 벗어서가 아니야.

노배균 오호. 거짓말이 술술 나오는군. 연기력이 장난이 아닌걸. 장인어른, 속지 마세요. 저 친구 진짜 사위가 아닙니다. 우연히 엿들었는데 두 사람이 어떤 계약을 했다는 겁니다.

이과수 무슨 소리냐?

권성치 (당황해서) 우린 정식 부부입니다. 계약은….

노배균 (녹음하며) 가짜는 내 증언에 무척 당황해하고 있음.

권성치 계약이란 말이 나왔다면 그건… 아마도… 아기를 언제 갖느냐 하는 그런 문제였을 겁니다.

노배균 (휴대폰을 흔들며) 여기 증거가 있어, 내가 광에 숨어 있을 때, 둘이서 얘기하는 것을 다 녹음해 놓았거든?

권성치 (놀라서) 녹음하는 거 그거 사생활 침해입니다!

이과수 (놀라며) 자네 녹음한 거 우주 엄마한테 들려주었어?

노배균 아뇨. 전 아내와는 비밀을 공유하지 않아요.

이과수 잘했군. 역시 내 사위야. (마당 한구석으로 이끌고 가며) 틀어 봐. (듣는다. 온통 잡음이다)

노배균 어? 녹음했는데?

이과수 (째려보며) 자네 하는 일이 다 그렇지.

노배균　(녹음하며) 녹음이 되지 않아 매우 난처한 상황이 발생함. (틀어본다. 그대로 녹음이 흘러나온다) 잘 되는데. 아까 가족 소개할 때에 급히 나가느라고 완료 버튼을 누르지 않았나 봐요.

이과수　닥치고, 아까 들은 거 요약해봐.

노배균　아, 그게, 요약하자면, 처제의 완벽한 자유를 위해 위장으로 결혼을 했다는 것이고요. 그리고 계약 내용이 다섯 가지였는데. 다는 기억나지 않고 그중 하나는 떨어져 자는 것이었어요. 왜냐? 둘은 부부가 아니니까. 그리고 제가 오늘 밤에 두 사람의 신방을 염탐한 결과, 처제는 떨어져라. 왜 가까이 오느냐 막 신경질을 내고, 뭐 대충 이런 대화가 오갔고요.

이과수　일단 우물가에서 조용히 준비해라. 자네 장모가 알면 까무러친다.

노배균　제가 경험했던 바, 조용히 이미 다 준비했습니다. (하며 우물 뒤로 돌아가 테이프와 물뿌리개를 꺼내 가져온다)

이과수　묶어라.

권성치　왜 이러세요. 제가 뭘 잘못했나요?

노배균　이게 한국식 전통 의례야. 처가에 오면 신랑의 다리를 묶고 거꾸로 매달아서 발바닥을 때리지. 왜냐? 소원이 좋아했던 동네 총각들 억울하니까. 그걸 위로하려고. 들어본 적 있지?

권성치　처음 듣는 얘긴데요?

노배균	88 올림픽 전후로 국가에서 금지했어. 외국인이 많이 드나드니 보기 흉한 폐습을 없애라는 거야. 풍습을 없애다니. 그래서 우리 기지에서는 사라져가는 미풍양속을 지키기 위해 이렇게 야심한 시간에 몸소 실천하고 있다네.
권성치	세게 때리나요?
노배균	나를 믿어. 장인어른 모르게 살살 다룰 테니. 그냥 억, 억, 하고 소리만 내면 돼. (하며 다 묶었다. 사이. 윙크하며) 거꾸로 매달기는 생략하죠?
권성치	형님, 고맙습니다.
노배균	시작하시지요.
이과수	(마당을 거닐며) 자, 지금부터 조사를 시작하겠다.
노배균	그냥 솔직하게 대답하면 돼.
권성치	아, 이거 점점 재미있어지는데요? (신이 나서) 물어보십시오.
이과수	내 딸과 무슨 관계지?
권성치	저는 소원의 남편입니다.
이과수	어디에서 처음 만났지?
권성치	우린 대학 교회에서 만났고, 부활절에 뉴욕 센트럴 파크에서 첫 키스를 했으며, 성탄절에 브로드웨이에서 뮤지컬 시카고를 본 바로 그날 밤 브루클린에서 첫날밤을 보냈죠. 정말 황홀한 밤이었습니다.

이과수, 고개를 갸웃한다. 노배균을 부른다.

이과수 어때? 진짜 같은데?

노배균 장인어른 이쪽으로. (작은 소리로) 저렇게 술술 나오는 것만 봐도 외운 겁니다. 장모님이랑 처음 만난 장소나 키스한 장소나 그런 거 기억하세요?

이과수 그걸 어떻게 기억해! 자네는 기억해?

노배균 그럼요. 저는 대학 동아리에서 만났고, 초파일에 봉은사에서 첫 키스를 했으며, 밀양에 놀러 갔다가 밀양강 오디세이 축제를 본 바로 그날 밤 위양 유원지에서 첫날밤을 보냈죠. 그날 아내는 사랑을 나누다가 말고 외계 신호를 받으러 인근 화악산으로 달려갔고요.

이과수 술술 나오면 외운 거라면서.

노배균 그렇죠. 네? (난처한 표정으로) 아, 그건, 그러니까, 아, 그게… 우주 엄마가… 저에게…. 하여튼 이 집 여자들은 이상해. 쓰는 수법이 다 똑같아! (하다가 이과수를 본다) 아, 오해하지 마십시오. 저는 그냥….

이과수 (손을 내밀며) 아닐세. 오랜만에 나와 의견이 일치하는군. 이상하다는 거에 백 프로 동의해.

노배균 (악수하며) 사돈집에서 두 사람이 결혼한 사실을 알고 있느냐고 물어보세요.

이과수 당연히 알고 있겠지! 지금 애도 키워주고 있잖아!

노배균 애를 낳았다고요!

권성치 애요? 우리가요?

이과수 다 알고 있어. 그래서 부랴부랴 사돈댁에서 결혼을 시킨

63

거고. 애는 할아버지 집에서 크고 있잖아.

권성치　소원이가 그렇게 말했나요?

노배균　작전이 한층 진일보했군. 애를 미리 낳았어. 우와. 그래 저출산 시대를 극복하는 거야. 시대는 진보하는 거야!

사이.

박요리가 문을 안방 스르르 열고 나온다. 순간적으로 다들 긴장한다. 이과수와 노배균이 권성치에게 쉿, 하며 조용히 하라고 한다. 맨발로 내려와 요리 방송을 하듯이 계속 중얼거리며 마당을 한 바퀴 휘돌고 다시 안방으로 들어간다.

이과수　이상한데? 평소보다 짧게 끝났잖아?

노배균　제가 처음 왔을 때는 지붕 위에 올라가셨잖아요. 거길 어떻게 올라가셨는지 새벽에 굴뚝을 붙잡고 있는 장모님을 발견했잖아요.

이과수　근력이 예전 같지 않아. (성치에게) 하여튼 애가 지금 다섯 살인가, 세 살인가?

권성치　몇 살이다, 말씀드릴 능력이 제게는 없습니다.

이과수　능력이 필요한 질문이 아니잖아.

권성치　모든 질문은 소원이 올 때까지만 기다려 주세요.

이과수　수상해. 결혼도 그렇고, 아기도 그렇고 숨기는 게 많아.

노배균　그렇다니까요!

이과수　그렇다면 자네 아버지에게 직접 확인해 봐야겠군. 아버지에게 전화를 걸어.

사이.

사랑방에서 전화벨이 울린다.

노배균   마침 전화가 왔습니다.

권성치   소원일 겁니다. 저를 주세요.

이과수 지시로 노배균이 권성치의 전화기를 찾아 나온다.

노배균   오 마이 러브? 이게 처제 이름이야?

권성치   주세요.

노배균   어? 끊어졌는데요.

이과수   아버지에게 전화 걸어. 얼른!!

권성치   아버지는 제가 여기에 온 것을 모르고 있습니다.

노배균   우와! (악수를 청하며) 오 년 전, 내 상황이랑 똑같아. 곧 달려
            와서 고함을 지르시겠군. 불이 날지도 몰라. 장인어른 기억
            나시죠? 우리 집에서도 제가 결혼한 것을 모르고 계시다가
            나중에 알게 되자 마을이 한바탕 난리가 났었잖아요.

이과수   그랬지. 그분 달아오른 얼굴 그 열기에 진짜로 마을에 산
            불이 났어.

권성치   불이 나요?

노배균   내가 3대 독자거든. 몰래 결혼을 했으니 열불이 나실 만도

하지.

이과수　사돈 양반이 시청에서부터 고래고래 고함치며 들어왔지. 저 산을 등지고 떡하니 서서 우리 집 식구들을 범죄자 취급하듯이 하나하나 뜯어보면서, 백 미터 경주를 끝낸 멧돼지처럼 숨을 거칠게 몰아쉬면서 얼굴을 붉히는 거야. 그 붉은 얼굴이 심지가 된 듯이 마치 그 얼굴이 있는 그 자리에서부터 먼 산으로부터 산불이 이는 거야. 난리도 아니었지.

노배균　그래도 아버지 덕분에 산불을 초기에 진압했잖아요.

이과수　지금 생각해보면 정말 고마운 분이셨지. 직업이 소방관이 셨어. 불이 나자 우리에게 제대로 화를 낼 시간도 없이, 허겁지겁 산불을 잡고, 산마을 사람들 수십 명을 대피시키고., 기진맥진 지친 하마처럼 땀을 뻘뻘 흘리며, 내 아들 배균아. 이놈아. 부디, 잘 살아라!!! 외치시고는 고고히 상경하셨지.

노배균　독자인가?

권성치　아뇨. 형이 있습니다.

노배균　에이 그럼 불은 나지 않겠는걸? (사이) 장인어른 제가 요즘 새로운 균을 개발했는데 디엔에이 구조가 독특해서 탄저 균보다도 더 독성이 강한…

권성치　탄저균이요? (사이. 심각해지며) 할게요. 한다고요. (전화번호를 찾아 누른다) 아버지… 오랜만입니다. (사이) 제가 지금 매우 곤란한 상황이라서… (사이) 목숨이 오가는 순간이라서. (사이) 아니, 사람을 죽인 것은 아니고요. (사이. 난처한 표정을 지으며) 전화가 끊겼는데요.

이과수   이런 무지막지한 영감탱이가 있나. 다시 걸어. (거는 동안에) 부자가 다 교양이 없군. (요강을 툭툭 치며) 자식은 내가 애써 모아둔 비료를 먹어버리지 않나… 아비 되는 사람은 자식 목숨이 오간다는데도 전화를 퉁명스레 끊지를 않나.

권성치   (통화) 아버지.

이과수   스피커폰으로 해.

권고삽   (목소리) 성치야 지금 나 바쁘다. 사람 죽인 일은 아니니 급할 일 없다. 담에 통화하자. 그쪽이 돈을 요구하면, 카드 무한대로 열어 놨으니 얼마든지 써라.

권성치   아버지 돈이 아니라요, 아버지 몸을 보고 싶어 하는 분이 계세요. 여긴 한국이고요, 저는 지금 테이프로 온몸이 꽁꽁 묶여 있고요.

권고삽   세상에! 한국이라고? 요즘 위험하니 한국 들어가지 말라고 했지. 아버지 말 듣지 않더니 꼴좋다. 하여튼 돈은 달라는 대로 다 준다고 해. 아버지 지금 비행기 안이야. 중요한 비즈니스 미팅 중이라고. 거기 왕초에게 계좌번호 물어보고 문자로 보내. 일단 끊자.

이과수   돈이고 뭐고 묻는 말에 답을 하라고 해! 손녀가 몇 살이고 이름이 뭐냐고.

권성치   아버지 들으시기에 퍽 이상한 질문인데요. 아버지한테 손녀딸이 하나 있거든요?

권고삽 잡음 때문에 잘 안 들려. 거기 들으시오. 누구인지 모르나 우리 아이 머리털 하나라도 건드리면 3대에 걸쳐 장렬하게 전사할 줄 아시오.

이과수 이보시오! 당신 아들이 우리 딸과 도둑 결혼을 했어. 그리고 애를 낳았어.

권고삽 도둑 결혼? 애?

이과수 지금 당신이 키워주고 있다면서!

권고삽 성치야, 너 사고 쳤구나! 형도 유학을 보내놨더니 제멋대로 결혼한다고 난리를 피우더니, 이젠 너까지! 아니 우리 집이 어떤 집안이냐. 대대로 내려오는 종갓집 아니냐.

이과수 우리 집도 종갓집이야! 당장 날아오지 않으면 다시는 아들 얼굴 보지 못할 거요!

권고삽 당신은 누구요? 성치야, 꽥꽥대는 사람 누구냐!

권성치 아버지, 제 장인어른입니다.

이과수 꽥꽥? 전화 끊어!!!

권고삽 어!! 어!! 끊지 마시오. 좋소. 침착하시오. 당장 그리로 갈 테니 도망치지 말고 기다리시오!

이과수 도망치긴 누가 도망쳐! 주소를 불러줘라.

권고삽 주소 필요 없소. 우리 기지국 직원이 좌표를 찍었소. 하이고 도시에서 완전히 떨어진 깡촌에 사시는구먼. 주변이 온통 산으로 둘러싸여 있네.

이과수 특별한 기지라서 마을에서 떨어져 있는 거야. 알지도 못하면서 떠버리기는!

권고삽 특별이고 뭐고간에 내 아들 털끝 하나 건드리기라도 하면 거기는 그냥 폭파되는 거야!! 아들아.

권성치 네, 아버지.

권고삽 두 개만 묻자. 그쪽 산이 다 처가 땅이냐? 둘째, 애가 아들 이냐?

권성치 지금은 말씀드릴 수 없어요. 애는 하나일 수도 있고 둘일 수도 있어요. 아예 없을 수도 있고요.

권고삽 가여운 녀석. 횡설수설하는 것을 보니 사고를 크게 쳤구나. 한국으로 들어가는데 일주일 정도 걸릴 거다. 지금 아프리카 케냐에 있고, 나이지리아와 남아공 들러서 남미 아르헨티나 부에노스아이레스 비즈니스 끝내고 페루, 콜롬비아, 멕시코, 그리고 미국 엘에이와 알래스카 들러서 갈 거다. 그때까지 내 아들 잘 부탁하오, 예비 사돈.

전화가 일방적으로 끊어지자, 이과수 어이가 없다.

이과수 토건 사업 하시는 자네 아버지가 왜 비행기 기장처럼 말해? 오대양 육대주 휘 돌아온다고? 바쁜 척하시기는. 그리고 예비 사돈? 누구 맘대로! (권성치를 끌고 광으로 가서 묶어 놓으며) 오늘 밤은 여기서 숙식한다. 고얀 놈. 감히 내 딸을 건드려 아이를 낳아? 그리고 계속 모른다고 발뺌을 해? 또 그리고 소원이 맘을 상하게 해서 밖에서 방황하게 만들어? 내일 아침에 가족들 앞에서 공개재판 계속이다. (방으로 들어가며 큰사위에게) 오늘 밤의 사건은 우리끼리 비밀이다. 어떤 놈이 묶어 놨는지 모른다고 해.

노배균　네. 장인어른. (성치에게 위로하며) 대부분 처가 신행 첫날밤에 이런 누추한 곳에서 자는 거야. 그래야 생활력이 강해지거든.

이과수　노 서방, 빨리 들어가서 자.

노배균　네. 생각해보니 오래된 풍습과 전통이 꼭 좋은 것만은 아니더라. (뒷채로 퇴장)

　

고요한 정적. 광에 있는 성치만 괴로워한다. 사이. 이소원 등장하여 한숨을 내쉬며 사랑방으로 걸어간다.

　

이소원　왜 전화를 받지 않아? 끝까지 해보자는 거지. (문을 연다. 아무도 없다) 없어? 속 좁은 놈. 그새 참지 못해 나가버렸어. 바보 같은 놈. 날 사랑한다면 끝까지 쫓아와야지. 아, 이제 어떡하지? 거짓말이 다 들통이 날 텐데. 이래서 사람은 책잡히고 살면 안 되는 거야. 아… 내 팔자야.

　

하며 이불을 뒤집어쓴다. 이불 속에서 소리를 치르며 발광을 한다.

　

최첨단 등장. 손전등을 가지고 집을 누빈다.
사랑방에서 소원이 이불을 박차며 발악을 한다. 그 소리에 깜짝 놀라서 광으로 숨는다. 권성치를 발견한다. 잠시 놀란다. 총을 꺼낸다. 그러나 측은지심이 발동한다. 성치의 입에 붙은 테이프를 뜯어 줄까? 하고 마임을 한다. 성치는 끄덕인다.

최첨단 누구요.

권성치 이 집 막내 사위입니다.

최첨단 근데 왜 여기에.

권성치 말을 하면 깁니다. 누구시죠?

최첨단 말을 하면 기네. 그냥 리더라고 부르게.

권성치 여기 기지 리더?

최첨단 묶인 꼴을 보니 방주 문을 열었군. 장갑도 안 끼고 문을 열었어. (황급히 테이프를 입에 다시 바르고) 입을 열면 안 돼, 균이 온몸에 퍼지며 혀가 찢어지고 피를 토하지. 장갑을 끼었어야지. 세균에 감염되어 곧 죽을 거야. 얼른 눈을 감아! 그렇지 않으면 개구리 눈처럼 튀어나와 즉사한다고. (감는 것을 보고) 나를 만난 것은 행운이네. 잠시 기다리게.

살금살금 나가서 마당을 뒤져, 물뿌리개를 겨우 찾아서 돌아온다. 권성치 얼굴에 물을 뿌린다.

권성치 (몸을 뒤틀며 반항한다) 음. 음. 음.

최첨단 생명의 은인이 주는 특수 약품의 세례이지. 곧 통증이 없어질 거야. 허나 죽을 수도 있어. 호랑이는 죽어 가죽을 남기고 사람은 죽어 이름을 남기는 법. 이름을 말하면 내가

기억하여 후세에 전하겠네. (테이프를 뜯는다)

권성치 권성치라고 합니다.

최첨단 오늘 밤에 성치 않겠군. 소원은 없나?

권성치 소원이 한 번 보는 게 소원입니다.

최첨단 소원이 보는 게 소원이라니. 오오, 놀라운 시적 표현이야.

권성치 제발 절 풀어주세요. 살려주세요.

최첨단 일단 살려는 주었잖아. (다시 테이프를 바르며) 선한 일일지라
도 오른손이 한 일을 왼손이 모르게 하라. 고로 난 흔적을
남기지 않아. 그럼 이만.

이소원 (발악하며) 야, 이 나쁜 새끼야!! 날 사랑한다는 게 다 거짓
말이었잖아!!! 어딨어!! 어딨어!!

이소원이 이불을 박차고 마당으로 달려 나온다. 최첨단 창고에서
나오다가 말고 놀라서 우뚝 선다. 소원이도 놀란다. 서로 마주보
며 얼음처럼 굳어 서 있다. 최첨단, 손으로 광을 가리키고는 쏜살
같이 도망간다.

이소원 누구야! 당신 누구야! (쫓다가 말고, 조심스레 광을 본다) 하여
튼 못살아! 아까 그 놈이야?

권성치 (끄덕이며) 내게 물을 뿌리더니, 곧 죽을 거라고.

이소원 이것 봐!!! 이래서 내가 여기에 못살아. 빨리 들어가자. 감
기 걸리겠어. 이게 무슨 꼴이야. 위험할 때는 소릴 질러서
가족들을 불렀어야지.

두 사람, 방으로 들어간다. 이소원, 수건을 꺼내어 닦아준다.

이소원   표정이 왜 그래?

권성치   아버님이 우리 관계를 알게 됐어.

이소원   무슨 관계?

권성치   계약 관계.

이소원   (놀란다. 사이) 네가 말했어? 아까 우물 속에서?

권성치   아니. 너를 기다리다가 형님과 아버님을 만났는데, 형님이 우리 대화를 엿들었대. 난 우리가 진짜 부부라고 끝까지 우겼지. 내가 부전공으로 연극학과에서 연기를 배웠잖아. 믿는 눈치였어.

이소원   잘했어. 정말 잘했어.

권성치   근데 우리한테 애가 있다고 하시더라고.

이소원   애가?

권성치   우리 아버지가 키워주고 있다는 거야.

이소원   에이, 말도 안 돼.

권성치   솔직히 말해봐. 애가 있어, 없어?

이소원   손도 잡지 않았는데 무슨 애가 생겨. 없다고 당당하게 말했어야지.

권성치   난 모른다 잡아뗐지. 갑자기 날 묶더라고. 많이 맞았지.

이소원   때렸다고? 아빠가? 너를? 세상에!!!

권성치   독립운동가가 붙잡혀 고문을 받는 형국이었어. 나는 온몸이 묶이고 고문을 당하면서도 절대로 진실을 말하지 않았어.

이소원   세상에. (씩씩대며 밖으로 나가며) 아빠에게 따져야겠어!

권성치   안 돼.

이소원   비켜. 백년손님을 이렇게 대해? 아빠!

권성치   소원아! 긁어 부스럼 만들지 마. 아빠들 심정 다 그런 거 아니겠어? 우리에게 딸이 있다고 상상해 봐. 그 딸아이가 어떤 놈과 애를 낳았다가 해 봐.

이소원   우리 가족들 대신 내가 사과할게. 많이 아팠어?

권성치   마음이 아팠지. 진짜 결혼했다면 당당하게 말할 텐데. 이것 저것 묻는데, 신체적 특징에 대해 말해 보라고도 하고. 그래서 그냥 생각나는 대로 소원이 가슴에 큰 점이 있다고.

이소원   나 점이 없는데. 우리 집 식구들 다 알아. 난 피부미인이라고.

권성치   고된 유학 생활을 하다가 가슴에 멍이 생긴 것으로 해. 그게 나중에 점이 됐다고.

이소원   어디에 있다고 했어?

권성치   왼쪽 가슴에.

이소원   (보이며) 여기?

권성치   조금 더 왼쪽에.

이소원   (유성펜을 부랴부랴 꺼내며) 네가 정확히 찍어 봐. 낼 아침에 당당히 보여주지 뭐, 가슴에 멍이 있다!

권성치   (찍는다) 여기. 다행히 믿어주는 눈치였어.

이소원   아유, 내가 왜 집을 나가서 이 사달을 만들었지? (사이) 춥

지. (사이. 다가가 안으며) 미안해. 그리고 고마워. 내일 아침
에 인사하고 바로 떠나자. 이왕 이렇게 된 거 아이가 있다
고 하자. 다섯 살 되었다고 하자. 그리고 우린 가끔 메일을
보내서 아이가 학교에 갔다. 고등학교 갔다. 결혼도 했다.
뭐 이렇게 소식을 들려주면 돼. 그리고 그때마다 만나서
가족사진을 찍는 거야. 그 또래 애들을 모델로 쓰면 돼. 내
생각 어때. 기막히지?

권성치 그게. 좋은데. 복잡한 문제가 생겼어.

이소원 또, 왜!

권성치 우리 아버지가 오시기로 했거든.

이소원 누가?

권성치 두 분 아버지들끼리 아까 통화를 했어.

이소원 (멍하니 보다가 그대로 기절한다)

암전.

막.

제 4 막

일주일 후. 낮. 극이 진행되면서 서서히 노을이 내려앉는다.

대청마루에서 박요리의 지휘에 따라 이과수, 이소란, 노배균 등 온 가족이 모여 음식 재료를 다듬고 있다. 그들은 같은 요리사 모자를 쓰고 있다. 흡사 난타의 한 장면이다. 대사 중간중간에 재료를 다듬는 리듬이 경쾌하다. 성치는 그것을 구경하고 있다.

노배균　언제 이 많은 음식을 다 장만하셨어요?

박요리　뚝딱이지 뭐. 박요리의 집밥~! 사돈 양반을 위해 준비하는 건데, 좋아하시려나?

권성치　아버지는 가리는 것 없이 다 잘 드세요.

박요리　그래?

권성치　어머니가 저 어릴 때 돌아가시고 아버지는 일에만 몰두하시고. 그래서 가족의 정을 잘 모르고 자랐어요. 특히 엄마의 사랑을 못 받고 자랐죠.

박요리　엄마의 사랑이 가장 중요하지.

이소란　엄마의 사랑이 다 좋은 건 아니에요. 일주일 내내 독수리밥만 먹어봐요. 가끔 덤으로 욕도 얻어먹고. 보너스로 밥 먹다가 얻어터지기도 하고.

박요리　넌 방송용 요리 도구 하나씩 훔쳐 가잖아. 그거 찾으러 온

산을 뒤진 게 어디 한두 번이냐?

이소란 그거 외계 통신용으로 간격 맞춰서 꽂아 둔 건데. 그걸 이 빨 빼듯 뽑아가니. 외계생명체와 교신을 할 수가 없잖아.

박요리 개들은 때가 되면 알아서 연락이 올 거라고. 개들이 볼 때 우리는 개미야 개미. 개미가 손들고 고함을 쳐봐, 우리가 아이고 반갑다, 개미야, 이렇게 대답을 하나? (이과수를 보며) 이름 따라간다고 왜 소란이라고 이름을 지어놔서 이렇게 소란스러운지.

이과수 내가 지은 게 아니고 장인어른이 지으신 이름인데?

이소란 왜 내 이름 갖고 그래! 하여튼 엄마라는 사람이 지금까지 한 번도 내 맘을 알아준 적이 없어.

박요리 네 엄마는 외계인이잖아!

이소란 (재료를 들고 부엌으로 가며) 지겨워. 이거 싱크대에 두면 돼?

박요리 그거 훔쳐 가면 안 된다. 일단 뜨거운 물에 데쳐라.

권성치 (가족들을 보며 부러움을 담아 웃는다)

박요리 자네도 정신이 다 없지?

권성치 아니요, 소원이가 부러워요. 이렇게 화목한 집에서 자라 서요.

이과수 우리 집이 이렇게 화목한 건 다 장인어른 덕이지.

노배균 형이 있다면서? 난 독자라서 잘 모르지만 남자 형제들끼 리는 싸우지 않나?

권성치 우린 달랐어요. 저는 깊은 사고를 하며 제대로 자랐지만, 형은 깊게 사고를 치며 제멋대로 자랐죠. 형은 친구도 없이 가위하고만 놀았죠. 사춘기 때에는 아버지 양복을 다 찢어버리고 집의 물건들을 다 가위질을 해서 야단을 맞았고, 또 아버지 시키는 건 무조건 반대로만 해서 결국 집에서 쫓겨났죠. 아니 집을 뛰쳐나간 거죠.

이과수 아니 왜 아버지 양복을 찢고 그래?

권성치 그렇게 닥치는 대로 옷을 찢고 오래 방황하다가 결국… (사이) 세계적인 패션 디자이너가 되었어요.

박요리 어마나. 결국, 가위로 성공했네. 한 우물을 판 거야.

노배균 장인어른 들으셨죠? 한 우물을 파서 성공했잖아요. 저기 좁다고 다른 우물을 파자고 하셨지만 제가 반대했잖아요. 으하하. 한 우물을 파라.

가족들 노배균을 본다. 노배균 사태가 이상하다는 것을 알고는 제 입을 막는다. 가족들 다시 성치를 본다.

권성치 그리고 이탈리아 출신 모델과 결혼했는데, 그 모델이 마피아 조직 보스의 딸이었어요. 그 바람에 지금은 디자이너 일은 관두고 지하 세계의 최고 보스가 됐어요.

노배균 지하세계? 마피아 보스? 알 파치노? 대부? 우리로 치면 모래시계? (주제곡을 입으로 연주한다) 나 떨고 있니? 우와. 니가 가라 하와이! 우와. 마피아 보스 그거 내가 예전에 꿈꾸던 것이었는데. 아 유 퍼킹 토킹 투 미? 위 아 팀. 두두두두두. (비명을 지르며 쓰러진다)

이소란 (부엌에서 나오며) 저이가 영화를 너무 많이 봤어요. 한때 영화 시나리오 작가를 꿈꾸었잖아요. 그러다가 영화 '쥐라기 공원'을 보고 고대 생물의 호박을 찾아다니더니, '아바타'를 본 뒤에는 본격적으로 생명공학으로 전공을 바꾼 거예요. 그리고 할아버지와 아버지에게 반해서 노아 기지 개발자로 참여한 거죠.

이과수 아버지는 어떤 분인가. 잠깐 대화를 해보니 굉장히 다혈질이시던데?

권성치 아버지는 다정다감한 분은 아니세요. 정직하고 엄격하고 무서운 분이죠. 형님 결혼식 날에 아버지가 그 마피아 집안을 향해 테이블의 와인을 다 집어 던지며 크게 소리를 질렀죠. "사람의 피를 먹고 사는 근본 없는 너희 집안과 우리 안동권씨 집안은 다르다!" 이렇게요.

이과수 안동권씨, 훌륭한 가문이지.

권성치 결혼식은 아수라장이 되었고 이탈리아 신문에도 크게 났대요. 마피아를 꼼짝 못 하게 만든 안동권씨가 도대체 뭐냐고. 그 후로 형은 아버지와 인연을 끊었죠.

이과수 진짜 마피아가 아니라 이탈리아 뒷골목 깡패쯤 되겠지. 그러니까 결혼식장에 깽판을 치지. 진짜 마피아면 아무리 시댁이라고 해도 어디 숨이라도 쉬겠어.

권성치 진짜 마피아입니다. 게다가 아버지 혈액형이 O형입니다.

이과수 어? 나도 O형인데?

노배균 장인어른은 A형이시잖아요.

이과수   내가?

노배균   네. 우주 엄마가 O형이죠.

박요리   맞아. 내가 B형이고. 소원이가 AB형이잖아. 우리 식구는 혈액형도 다 달라. 참 이상해. 내가 낳은 딸인데도 날 하나도 안 닮았고.

이과수   아니, 내가 A형이라고?

노배균   종자에 혈액형을 만든다고 가족들 피를 뽑아 주입해 봤잖아요.

이과수   피가 뭐가 중요해!!! 우리 집안은 위계질서가 없어!! (벌떡 일어난다)

박요리   신경 쓰지 마. 자네 장인은 파를 다듬고 써는 일이 지겨운 거야.

비행기 소리와 헬리콥터 소리가 지나간다.

권성치   (하늘을 보며) 아버지는 하늘에서 내려오는 것을 좋아하세요.

이과수   마피아 소설을 넘어서 아예 신화를 쓰네, 신화를 써. 하늘에서 내려오다니 아버지가 환웅이야? 그럼 자네가 단군왕검이네?

노배균   장모님 이거 다 잘랐는데요?

박요리   당신은 어때요? 아니, 아직 못했어요? 노 서방을 봐요!!!

이과수, 노배균을 쏘아본다.

사이.

사랑방에서 이소원이 하품하며 노트북을 들고 나온다.

이소원 (툇마루에 앉아 노트북을 들여다보여) 여기 페루대학교 건축학
과 어때?

이소란 (부엌을 분주히 오가며) 엄마 왜 소원이는 일을 안 시켜?

박요리 오 년 만에 집에 온 애야. 그리고 소원이 버릇 몰라? 너 처
음부터 일 다시 하고 싶어?

이소란 아니.

박요리 그러니 없는 셈 쳐. 그게 편하다.

이소원 (권성치가 다가오자) 페루. 마추픽추 건축 연구하기 딱 좋아.

권성치 (지도를 보며) 잉카문명이네? 소원이 좋다면 어디든지 가.

박요리 (벨소리가 들리자) 노 서방, 캥거루 밥 줘야 하는데…!!

노배균 네 장모님, 제가 갑니다.

권성치 아뇨. 제가 하겠습니다. (하면서 처마에 매달린 글러브를 붙잡아
내려 낀다)

노배균 아닐세. 자네 아버지도 오시는데 우리가 너무 부려먹으면
안 되지.

이과수 노 서방 놔둬. 제 하고 싶은 대로 하라고 해. (입 모양으로)
자넨 아직 진짜 사위가 아냐. 알지?

권성치 (시무룩하게) 네.

노배균 고맙습니다, 장인어른. 저는 캥거루를 정말 싫어하거든요.

이과수 자네를 위해 내린 조치가 아니야! (하다가 칼에 베인다)

권성치   아버님, 피가 납니다!!

이과수   아무렴 피눈물이 나겠지. 피의 결혼이냐, 눈물의 이혼이냐. 어. 피, 피다! (하며 허둥지둥 방으로 들어간다)

박요리   오버하기는. 저 양반 일하기 싫어서 딴청 피우려고 일부러 손을 벤 거야. 딱 보면 알아. (사이. 피를 발견하고) 어머! 이거 피바다네. 저 양반이 미쳤나!

노배균   장모님, 피에는 헤모글로빈이 있어요. 특별한 요리가 될 겁니다.

박요리   자네 장인 피는 맑은 피가 아냐. 절대 먹으면 안 돼. 노 서방 나 좀 도와주게.

노배균, 박요리를 따라서 요리 재료들을 들고 부엌으로 들어간다. 성치 소원 둘만이 무대에 있다.

이소원   (권성치에게) 너 우리 가족과 너무 친하게 지내지 마.

권성치   다 너를 위해서 그러는 거야. 생각해봐. 난들 세균이 바글거리는 우물 속에 가고 싶겠어?

이소원   하긴. 거긴 폭약에, 각종 세균에, 이상한 형태의 식물에, 또 할아버지가 키우는 오리와 닭, 타조, 캥거루 등등 이상한 짐승들까지. 얼마나 위험한 곳인데.

권성치   그래도 우물에서 난 지하를 통해 오랫동안 걷다 보면 별이 보이기 시작해. 그 별을 따라가면 산 정상이 나와. 그 산 정상에서 내려다본 이 집은 정말로 아름다워.

이소원	맞아. 달이 뜨면 더 예뻐. 풀향기도 좋아. 우리 집 식구들만 평범했다면 난 여길 떠나지 않았을 거야. 아버지를 잘 설득할 수 있지?
권성치	아버지랑 깊은 대화를 나눈 적이 없어서. 좀 막막해.
이소원	내가 도울게. 너 나 알지? 네가 그랬잖아. 눈빛만 봐도 가슴이 두근거린다고. 내가 웃어주면 심장이 멈춘다고.
권성치	네가 있으니까 기운이 나.
이소원	당황하지 말고 작전대로만 해. 내가 눈을 이렇게 두 번 깜박이면 잘 되어간다는 뜻이고 이렇게 한 번 깊게 감았다가 뜨면 상태가 안 좋으니 내가 직접 대답하겠다는 뜻이야. 기억하지? 입을 잘 맞춰야 해. 알았지? 해볼게. 자, 두 번. 봤지? 그리고 한 번 깊게.
권성치	(슬쩍 입을 맞추며) 봤지? 입을 잘 맞추지?
이소원	(당황하여) 그래… 내가 참는다. 하지만 한 번만 더 그래 봐.
권성치	(다시 입을 맞추며) 한 번 더. 어때?
이소원	너… 정말… 이상해졌어. 다시는 우물 속으로 들어가지 마. 분명히 우리 가족들에게 감염된 거야. 이상한 외계생명체가 된 거라고. (하며 덤빈다)
권성치	(소원의 협박을 몸으로 막으며) 워. 워. 계약서 5번 조항, 키스는 할 수 있다. 잊었어? (하고 도망친다)
이소원	내 손에 잡히면 죽어.

두 사람이 서로 잡고 도망치고 하는데 안방 문이 열리며 이과수

등장한다. 팔목까지 과하게 붕대를 감고 있다. 두 사람은 얼른 붙어서 이상한 춤 동작이 된다. 음악이 흐른다.

권성치 (속삭이며) 아버님이 나오셨어. 지금 가족들과 친하게 지내는 것도 다 널 위해서 그러는 거야. 연기하는 거라고. 내가 가족들한테 인정을 받아야 네가 무사히 탈출할 거 아냐? (큰소리로) 아, 정말 행복해. 아버님은 정말 좋은 분이셔. 무뚝뚝한 우리 아버지와는 달라, 다정하고 인자하시고 학식과 덕망이 넘치시고….

이과수 야, 야, 미스터 권, 오버하지 마라. 속이 다 들여다보인다.

이소원 어머, 아빠 많이 다치셨어요?

이과수 아니다. 네 엄마가 또 다른 일 시킬까 봐. (우물로 걸어가며) 글로브는 빼고 춤을 춰라. 흉하다. (우물 속으로 퇴장)

노배균 (부엌에서 나오며) 어이 동서. 캥거루 조심해.

이소원 밀고자. 악당. 마피아.

권성치 형님도 알고 보면 착해. 의리도 있고. 아는 것도 되게 많아.

노배균 동서! 밥 주고 밑으로 내려와.

박노아 (우편물을 들고 파란 양복 차림으로 등장하며) 막내가 코끼리 밥을 주었다고?

권성치 네. 할아버지. 코끼리 눈빛만 봐도 뭘 원하는지 다 알아요. (권투 글러브를 파이팅하며) 지금은 캥거루 밥 주러 가요. 걔는 왜 그렇게 타조를 때리죠? 하도 맞아서 타조 목이 부풀어 올랐어요.

박노아 타조 녀석이 캥거루 새끼를 쪼아서 한 방에 기절시킨 적
이 있거든. 그 원한이 있는 거야. (우편물을 읽다가) 애들아!
애들아! 내가 드디어 가족사랑 운동본부가 주최한 웅변대
회에서 도지사상을 받아 전국대회 출전권을 땄다!! 우리
가족의 힘이야!!!

가족들이 환호성을 지르며 달려 나와 축하를 한다.
사이.
박노아 하늘을 보다가.

박노아 가만, 어? 저거 뭐냐? 저게 사람이야 물건이야?
이소원 어머나, 아버님이 낙하산을 타고 내려오시나 봐요.

다들 하늘을 본다.
사이.
어 어 어 하면서 객석 쪽을 본다.

이소란 자, 자, 빨리빨리 각자 정위치 하세요.
이소원 언니, 제발 이러지 말자. 놀라실 거야.
이소란 우리 노아 기지의 전통이야. 자, 다들 정위치 하세요. 제부
는 어디 갔어?
이소원 캥거루 밥 주러 갔어.
이소란 너는 일단 사랑방으로 가서 대기. 자, 자, 위치 확인합니다.

(우물에 대고) 지금 사돈어른 오신대요.

하는데 와장창하면서 장독대가 깨지는 소리가 난다. 권고삽이 부지런히 낙하산을 접고 등장한다. 양복이 말끔한 신사이다.

권고삽 (누군가와 통신을 한다) 응. 무사히 도착했네. 아니야. 오지 않아도 돼. 탱크는 갑자기 왜? 이건 가정사이고, 나 혼자 충분히 처리할 수 있어. 야, 임마, 그때는 마피아였잖아. 지금 여긴… (사이. 둘러보며) 평범한 집안이지만… 한옥이 격이 있어 보인다. 포근한 것이 딱 내 스타일이다. 근데 무슨 냄새가 이리 나는 거야? 피자 냄새? 아니 너 말고. 여기. 하여튼 12시간 안에 연락이 두절 되면 탱크를 보내. 누구? 리더? 그 애가 왜 한국에 왔어? 아, 내가 보냈지. 하여튼 너 피자 그만 먹어라. 그리고 리더에게 당장 나를 찾아오라고 해. 끊어. (사이) 계십니까?

그의 등장에 온 가족이 놀란 눈으로 멍하니 권고삽을 지켜보고 있었다. 권고삽 이제야 발견하고 가볍게 목례한다.

이소란 저희 노아 스퀘어 마운틴 기지에 오신 것을 환영합니다. 먼저 가족소개가 있겠습니다. 총사령관 할아버지~!

박노아 어서 오시게.

이소란 식물학자 겸 플랜트 사이언스 본부장이신, 아빠~!

이과수	환영합니다.
이소란	우주식량 및 기지 전반에 걸친 행정본부장이신, 엄마~!
박요리	환영해요.
이소란	생명공학자 겸 바이탈 사이언스 본부장인 내 남편~!
노배균	반갑습니다.
이소란	마지막으로 저는 우주생명체와 교신하고 있는 텔레 폴리테이너, 소원이 언니 이,소,란입니다. (무시하는 권고삽에 무안해하며, 그래도 최선을 다하여) 기지에 탑승하시긴 전에 사령관님의 심문이 있겠습니다.
권고삽	내 아들 어디에 있습니까? 살았소, 죽었소?
박노아	인사를 하면 받아야지!
권고삽	인사고 뭐고, 우리 아들 어디 있냐고 여쭈었습니다.
박노아	잘생긴 미남이 어찌 이리 교양이 없어. 이름은!!
권고삽	(얼떨결에) 권고삽.
박노아	나이는!!
권고삽	쉰아홉.
이과수	나와 동갑이네!! (하며 악수를 청한다)
박노아	고향은?
권고삽	뉘신지는 모르나, 이거 입국 수속 밟는 것도 아니고.
박노아	여긴 노아 기지야. 탑승 허가를 받아야 아들을 볼 수 있어.
권고삽	하, 이것 참.
박노아	고향은!!!
권고삽	서울.

박노아	좋아하는 음식은!!
권고삽	다 잘 먹습니다.
박노아	좋아하는 식물은!!
권고삽	다 좋아합니다!!
박노아	재산은!!!
권고삽	재산이라뇨?
박노아	아들을 보고 싶나!! 현금 부동산 다 합쳐서 얼마야?
권고삽	아아, 파혼할 때 지불 할 위자료 때문이십니까?
박노아	합격!!!
박요리	(달려가서 속삭이며) 아버지. 더 물어봐야죠.
박노아	사실 네가 만든 질문은 공식적인 게 아니야. 합격!! 위자료라는 예상치 못한 특별한 단어를 사용하여 우리를 놀라게 한 점을 높이 평가하여, 노아 기지 탑승을 허락하노라.
권고삽	정말 이상한 집이로군. 내 아들은 어디에 있습니까?
노배균	캥거루 밥을 주고 있습니다.
권고삽	캥거루라니.
노배균	방주의 깡패죠

하는데 권성치 등장.

권성치	어? 아버지.
권고삽	(한숨, 갑갑하여) 죽느냐 사느냐 하더니, 한가하게 복싱을 배우냐? 덥다.

박요리   들어가서 잠시 땀 좀 식히시지요. 저녁은 곧 준비됩니다.

권성치 글러브 벗고 사랑방으로 안내한다. 가면서 권고삽이 중얼거린다.

권고삽   (땀을 닦으며) 이 퀴퀴한 냄새들은 뭐야. 예사롭지 않군.

권고삽이 사랑방 앞에 선다. 문이 열리고 소원이 인사한다.

이소원   안녕하세요.

권고삽   전화로만 봐서는 건달 깡패 마피아 집안인 줄 알았는데 다행이다. 나 시간 없으니 자초지종을 천천히 빨리 설명해봐라.

박노아   들어가서 큰절부터 받아야지. 배운 사람 같은데 경우가 없어. (하면서 지팡이로 쿡쿡 찌른다)

권고삽   거참, 저도 환갑인데. 툭툭 치지 마십시오.

박노아   난 내년이면 미수일세. 팔 땡. 그리고 도지사상을 받았다고 (또 툭툭 친다) 황 여사한테 자랑하러 가야지.

권고삽은 어리벙벙하여 사랑방으로 들어간다. 성치와 소원은, 큰절한다. 앉는다.
사이.
다른 가족들은 분주하게 저녁 준비를 한다.

권고삽 도대체 저분은 뉘시냐? 불쾌한 듯 불쾌하지 않고, 유쾌한 듯 유쾌하지도 않아. 사람 기분 묘하게 만드시네.

이소원 외할아버지입니다.

권고삽 거두절미하고 핵심으로 들어가자. 결혼했다니, 갑자기. 그리고 애가 있다니, 더군다나 그 애를 내가 키운다니. 어떻게 된 일이냐. 아버지 바쁘다. 언제 결혼했느냐.

권성치 (침을 꿀꺽 삼키고) 저희는 결혼하였을 수도 있고, 하지 않았을 수도 있습니다. (사이. 소원을 본다. 눈을 두 번 깜박인다) 우리는 결혼하였으나 가족들이 인정하지 않으면 부부가 아니고, 또 가족들이 부부로 인정하였다 하여도 우리가 결혼하지 않았다면 또 결혼이 아니고, 그러니까 결혼하였으나 결혼이 아닐 수 있으며, 또 결혼하지 아니하였으나 결혼하였을 수도 있고, 그러므로 언제 결혼하였다는 사실이 중요한 것은 아니고….

권고삽 잠깐, 왜 너희들끼리 눈을 깜박이는 거냐.

이소원 (눈을 깊게 감았다 뜨며) 제가 다 말씀드리겠습니다.

권성치 아버지 크게 심호흡을 하십시오. (방석을 뒤에 받치며) 뒤로 자빠지실 수도 있어요.

권고삽 말해 봐라. 난 놀라지 않아. 난 산전수전 다 겪었어.

이소원 저희는 진짜 부부가 아닙니다.

권고삽 뭐야!!! (뒤로 쓰러진다. 다행히 방석에 머리가 닿는다)

저녁상을 차리던 사람들 그 비명에 일제히 사랑방을 본다.

이소원	(조용히) 우리 두 사람은 유학 시절에 만난 친구 그 이상 이하도 아닙니다.
권성치	아, 아닙니다. 소원이 말은 거짓입니다. 소원아!
이소원	아버님까지 속이는 것은 싫어. 우리. 그냥 친구로 돌아가.
권성치	그럼 넌 어떡하고.
권고삽	(누워서) 한 사람씩 말해라.
권성치	소원이는 자기 집안 식구들이 모두 다 외계인 같다며 싫어해요. 전부 개성이 강하고, 자기만 빼고는 다 이상한 성격이라는 거죠. 그래서 평범하게 자란 저를 좋아했고.
권고삽	(상체를 벌떡 일으키며) 무슨 소리! 너는 평범하게 자라지 않았어. 나는 너를 특별하게 키웠다!
권성치	소원이는 자기 집에서 탈출하기 위해 저와의 결혼을 선택할 수밖에 없었고, 우린 신기하게도 대학을 옮길 때마다 만났어요. 운명처럼요. 무려 다섯 번이나요!
이소원	저는 식물처럼 한 곳에 매여 살고 싶지 않았어요. 아버지를 따라 대학을 옮기는 성치가 부러웠죠. 대학을 옮길 때마다 만난 게 아니라, 성치가 대학을 옮긴다기에 저도 따라 옮긴 겁니다.
권성치	소원아!
이소원	맞아, 우연이 아니야. 내가 우연을 가장해서 널 쫓아다닌 거야. 성치를 따라서 나비처럼 자유롭게 온 세상을 돌아다니고 싶었어요.
권고삽	나비처럼?

이소원	네. 아버님.
권고삽	그렇군. (머리를 싸맨다. 얼굴 근육이 마구 움직이며 우스꽝스럽다.)
이소원	어디 편찮으세요?
권성치	아버지는 가끔 죽은 엄마의 음성을 들으면 이렇게 되셔.
권고삽	(표정을 유지하며) 네 어머니의 음성이 들렸다. 여기 가까이에 있단다.
이소원	어머, 무척 많이 사랑하셨나 봐요.
권고삽	(표정을 풀며) 하여튼 진짜로 결혼한 것은 아니다?
이소원	네. 성치가 제 고민을 듣고 우리가 결혼한 것으로 꾸며서 평생 자유롭게 해 주겠다고 제안해서 집에 결혼 인사 겸 작별 인사를 드리러 온 거죠.
권고삽	집에서 탈출하기 위해서?
이소원	네. 근데 며칠 전에 제가 잠시 집을 비운 사이에 그만 일이 복잡하게 꼬이는 바람에, 아버님이 여기까지 오시게 된 겁니다. 심려를 끼쳐 죄송합니다. 진짜 결혼한 것이 아니니 염려 놓으십시오.
권고삽	요약하자. 정식으로 결혼한 것은 아니다?
이소원	네.
권고삽	친정 식구들은 결혼한 것으로 알고 있고?
권성치	네.
권고삽	당연히 아이가 있다는 것도 거짓이고?
이소원	네.
권고삽	내가 키워주고 있다는 것도 거짓이고?

이소원	네.
권고삽	근데 그 아이가 딸이냐 아들이냐?
이소원	네? 아, 딸입니다.
권고삽	몇 살이냐?
이소원	다섯 살입니다. 성치를 뉴욕에서 우연히 만난 것이 딱 오년 되었으니까요.
권성치	우린 내일 뉴욕행 비행기 표를 예약해 두었습니다. 아버지 도움이 필요해요.
권고삽	이 세상에 비밀은 없다. (자리에서 벌떡 일어난다)
권성치	아버지!
권고삽	소리 지르지 마라. (이리저리 서성이며) 잠시 둘이 있게 자리를 비워주시겠소?

소원은 근심스럽게 밖으로 나간다.

권고삽	저 아이를 사랑하느냐?
권성치	네.
권고삽	저 아이는 너를 사랑하느냐?

두 사람, 말이 없다.
사이.
마당으로 나온 소원에게 소란이 다가가 묻는다.

이소란	왜, 낯빛이 어둡냐?
이소원	어둡긴. 솔직하게 다 말했어. 후련해.
이소란	그랬군. 우리 집이 맘에 들지 않는다고 말씀하시던?

권고삽, 문을 열고 나온다. 성치는 그 자리에 있다.

권고삽	(구두를 신으며 소원에게) 들어가서 성치랑 더 얘기하게나. 두 사람의 미래를 여러 각도로 상의해보게나. 아, 성치 엄마가 죽어가며 내게 말했다. 사랑도 이별도 운명처럼 오는 거라고.
이소원	네 아버님. 죄송합니다.

소원이 다시 방으로 들어간다.
사이.
권고삽은 대청마루로 간다.

권성치	아버지 뭐라셔?
이소원	사랑도 이별도 운명처럼 오는 거래.

두 사람 고민한다.

권고삽	히야, 이게 무슨 음식입니까? 빛깔이 좋은데요?
박요리	이건 스컹크 방구 카레까스입니다. 이건 코끼리 굼벵이

시금치 무침, 드십시오.

권고삽 히야. (맛이 이상한 듯이 찡그린다. 과장하여) 오! 정말 맛있습니다. 이게 다 사부인께서 직접 요리하신 겁니까?

박요리 방송에서 거짓말을 하면 아니 되니 직접 해봐야지요.

권고삽 방송을 하십니까?

박요리 네. 한 번 보시겠습니까? (동영상을 보여준다)

권고삽 오, 오, 실물이 훨씬 아름다우십니다.

박요리 다들 그렇게 얘기합니다. 소란이 아빠만 빼고요.

이과수 아, 왜 또 나를 물고 늘어지시나.

사랑방에서 두 사람 고민한다. 성치가 설득한다.

권성치 지금 우리는 사랑의 순간에 있는 거야, 이별의 순간에 있는 거야?

이소원 너는 어떻게 생각해?

권성치 사랑의 순간이었으면 좋겠어.

이소원 나도 그래, 근데 결혼은 싫어. 난 비혼주의자야.

권성치 일단 집에서 탈출할 좋은 기회 아냐? 단계적으로 생각하자고.

이소원 (답답해서 비명을 지르며) 악-!!! 이게 탈출이야, 결혼하면 매이는 거지. 처음 계획은 이게 아니었잖아!!!

권성치 네가 그때 방에서 안자고 밖에 나가는 바람에 이렇게 된 거잖아!!

이소원 그러니까 모든 게 내 탓이라는 거지!! 이것 봐!! 벌써 날 잡으려 하잖아!!

밖에 있던 사람들 놀라서 사랑방 쪽을 본다.

권성치 (입을 막으며) 조용히 해. 누가 들어. (사랑방 안쪽으로 끌고 들어간다. 무대에서 보이지 않는다)

권고삽 격정적인 토론을 하는 모양입니다. 정상적인 부부관계이죠.

이과수 삽질을 하신다던데?

권고삽 누가요?

이과수 토건 사업이 곧 우리말로 삽질이죠?

권고삽 아, 네. 삽질 좀 합니다. 규모가 큰 삽질이죠. 지금까지 아프리카에 공항 2개, 아시아에는 홍콩의 쳅랍콕 공항을 포함해 3개, 콜롬비아에 공항 하나, 브라질 아르헨티나 칠레 코스타리카 등지에서 고속도로 7개, 그리고 이탈리아 시실리 섬 근처에 해저 휴양도시를 만들고 있죠. 고흥의 우주센터도 우리가 설계한 겁니다?

이소란 우주센터요!!??

권고삽 네. (웃으며) 삽질 엄청나게 크게 합니다. 그래서 돈 좀 벌었지만요. 어디 마땅히 쓸 데도 없고. 계속 돈을 쓰기 위해 삽질을 하고, 삽질하면 또 돈을 벌고, 계속 쳇바퀴 돌리듯 하니 인생 참 심심합니다.

박요리 비행기는 퍼스트 클래스만 타고 다니시겠네요.

권고삽 전용기로 다닙니다. 근데 여기는 도시에서 멀리 떨어져 있어서 사시기가 좀 불편하겠습니다.

이과수 일부러 한적한 곳을 택한 겁니다! 노아 프로젝트 때문이지요.

권고삽 그게 뭡니까?

노배균 외계생명체 프로젝트죠. 북극곰이 살아갈 빙산도 사라지고, 미세먼지 등 환경이 무너지고 있어서, 지구를 떠나는 계획을 잡고 있어요. 그래서 지구생명체 유전자를 채집해 미리미리 모아두고 있는 거죠. 여기 장인어른이 종자를, 저는 호박을 만들고 있죠.

권고삽 (웃는다) 여기에서요? 여기 뭐가 있다고.

노배균 한 번 둘러보시겠습니까?

권고삽 시간 낭비요. (먹는다)

이과수 손녀딸은 잘 크고 있습니까?

권고삽 스텔라 말입니까? 올해 다섯 살이 됐죠. 발레를 배우고 있어요.

이과수 스텔라!

박요리 어머, 당신 정말 예지력이 있나 봐요. 당신 예상이 다 맞았어.

이과수 (우쭐하여) 아름다우신 박 여사님, 민망하게 갑자기 칭찬을.

권고삽 부럽습니다. 이렇게 다정하게 백년해로하시는 모습. 결혼하신 지 얼마나 되셨습니까?

이과수 아, 아, 그게, 아, 아.

박요리   멋진 이이는 우리 결혼기념일을 모른답니다.

이과수   왜냐! 매일 매일이 결혼기념일이니까. (마술로 만든 꽃다발을
          건네며) 사랑합니다, 박여사. (고삽을 향해) 자, 그럼 기지를 한
          번 둘러보실까요. 일어나시지요.

권고삽   (우물 속을 들여다보며) 여기로 들어가라고요?

          권고삽과 이과수, 노배균, 우물 속으로 들어간다.

이소란   오~. 우리 아빠 생각했던 것보다 로맨틱한데?

박요리   사돈 양반 생각했던 것보다 부자네. 너 외계센터 하나 지
          어달라고 해도 되겠다 얘. 소원이 잘 꼬드겨 봐라.

권고삽   (우물 속에서 소리) 우와!!! 세상에!!!

이소란   소원이는 제 이름대로 됐네. 엄마, 내 이름은 소망이라고
          짓지, 소란이 뭐야.

          사이.
          박노아 등장하여 두리번거린다.

박노아   음식 시킨 거 왔니?

박요리   무슨 음식이요?

          최첨단, 황혼례 여사로 분하여 등장한다.

황혼례　여기 폐백 음식 시킨 거 맞지요?

박요리, 이소란　폐백이요?

박노아　사돈 양반도 왔으니 우리식으로 제대로 혼례를 치러야지.

황혼례　큰 상이 필요한데요?

이소란　아, 잠시만요.

황혼례, 소란이가 가져온 상에 음식을 차분히 세팅한다.

박노아　여사님 어디에선가 본 것 같은데?

황혼례　할아버지 웅변대회 그거 그때 제가 박수쳤잖아요.

박노아　아, 앞에서 눈물 흘리며 박수!!! 춤추신 분!!!

황혼례　(춤을 춘다)

박노아　아, 맞아, 맞아!!!!

황혼례　오늘 결혼하시는 분 큰 부자 되시길.

박노아　기러기는?

황혼례　저기 보자기에 싸놓았습니다.

황혼례, 세팅을 끝내고, 박노아에게 돈을 받아 나간다. 박노아, 쫓아간다.

박노아　여사님, 내가 도지사상을 받아서, 대통령상 전국 노인 웅변대회에 출전하게 되었는데.

황혼례　어머나, 축하드립니다. 매력 있으셔.

박노아	내가 요 마을 입구까지 배웅하면서 새로 쓴 연설문을 미리 들려줄게요.
황혼례	어머, 어머, 얄미운 스포일러.

두 사람, 대문으로 퇴장하고,
사이.
방주 쪽에서 세 남자 들어온다.

권고삽	(넋이 나간 듯) 미러클, 미러클!!!
이과수	조금 더 키워나갈 겁니다. 미래를 대비해야죠.
권고삽	(혼례상을 보고) 이건 뭡니까?
박요리	아버지가 외국에서 결혼했으니 한국식으로 다시 혼례를 치른다고 해서요
권고삽	아, 그렇군요. 하지만 결론이 나지 않아서.
이소란	헉. 신호가 왔어요. (갑자기 옷을 뒤집어 입고 안테나를 길게 뽑는다)
권고삽	무슨 신호요?
이소란	우주의 신호요. 저는 외계 신호를 찾아요.
권고삽	진짜입니까?
이소란	여보, 그거. 음악. (하며 특이한 가방을 찾아 맨다)
노배균	(휴대폰으로 음악을 튼다) 여보 틀었어. 파이팅!!!
이소란	아빠. 그거요. (미친 듯이 춤을 추며 음악과 교류한다. 집시처럼 집안을 돌아다닌다. 춤이 경지에 도달한다)

노배균　외계와 소통하기 위해 1차로 접신을 하는 겁니다.

이과수　(자작나무를 딸에게 주며) 근데 한 번도 외계와 소통한 적은 없습니다. 이렇게 춤을 추다가 달려 나가고 (소란이 난다) 금세 풀이 죽어 돌아오죠. (소란이 다시 돌아와 탈진하여, 푹 쓰러진다)

권고삽　오, 세상에, 외계와 소통을 한다니. (흥분하여 음악을 들으며 춤을 똑같이 흉내 낸다. 곰처럼 늦다) 말이 나왔으니 말인데, 제게는 아주 오래된 고지도가 담긴 고물 상자가 하나 있습니다. 성치가 세 살 때였나, 아프리카에서 발견한 것이었는데.

노배균　(수정한다) 보물 상자.

권고삽　(춤을 추듯 걷다가 노배균을 멍하니 쳐다본다)

노배균　발음요. 워낙 외국 생활을 오래 하셔서. 발음이 정확하지 않네요.

권고삽　고물 상자 속 그 고지도는 다른 세상으로 통하는 블랙홀 지도인 것 같은데, 아프리카에서 공항을 건설하다가 발견한 겁니다. 이상한 푸른빛이 도는, 이 앞마당만큼 큰 청동 상자에 온갖 고물들이 잔뜩 들어 있었죠. 거기에 지도가 있었고요. (사이) 사실 그 지도와 고물들을 들여다보고 있는데 그 순간, (표정이 일그러지며) 불현듯, 아내의 목소리가 들렸죠. 얼른 찾아오라고. 블랙홀을 지나면 만날 수 있다고 했어요. 그 목소리가 생생합니다.

노배균　상태가 심각하죠? 우리 가족 분발해야겠는데요?

이과수 춤을 좀 더 배워야겠어.

박요리 쉿.

권고삽 아내가 저세상에서 보내 준 상자라고 확신했죠. 아내가 말했죠. 난 죽는 게 아니라 먼저 좋은 나라에 가 있는 것이고, 항상 당신과 우리 아들들 곁에 있겠다고. 나를 찾아오는 방법을 지구 곳곳에 숨겨 두었다고. 저는 고물 상자에 담긴 물건들을 조합하며 지도를 연구했죠. 징표가 나타나는 곳마다 그 공사를 수주하며 삽질을 했죠. 아내는 만날 수 없었지만, 돈은 벌었죠. 그렇게 거부가 된 겁니다.

박요리 어머, 아내가 보내 준 사랑의 블랙홀이네요. 사랑하는 사람을 찾아가기 위해 삽질을 하고, 그럼 돈을 벌고, 또 그 돈을 써서 다른 사랑의 블랙홀을 찾고.

권고삽 난 블랙홀 입구를 찾아다니느라 세계 곳곳을 다닌 겁니다. (하늘을 보며) 여보, 조금만 기다려요. (눈물을 글썽이며) 여보, 당신이 아주 가깝게 있는 게 느껴져. 우리의 꿈이 이루어질지 몰라! 기다리오, 곧 만나리다. 오 마이 러브!

박요리 어머, 낭만적이야. 당신이 가깝게 있는 게 느껴져요. 오 마이 러브. (이과수를 본다) 당신도 해 봐요.

이과수 여보, 당신이 먼저 죽어서 블랙홀에 빠져야지. 그런 다음에 어느 날 종자가 당신 목소리로 내게 말을 거는 거야. 저를 저기에 심으세요. 그럼 나를 만날 수 있어요. 그럼 심는 족족 내가 부자가 되는 거야. (종자 주머니에서 종자를 꺼내 심는 시늉을 하다가 마술처럼 돈다발처럼 만들어 요리에게 건넨다)

박요리 어머, 이이는~, 하여튼 사차원이야 사차원!!!

권고섭 사차원!! 전 직원들도 대화가 잘 통하지 않는 사차원 친구들만 뽑았습니다. 간혹 5차원도 있었죠. 그 직원들이 낸 엉뚱한 아이디어가 블랙홀로 통하는 스타 게이트를 만들어 낼 수 있다고 확신합니다.

이소란 (벌떡 일어나며) 스타 게이트!

동시에 권성치 이소원 사랑방 문을 열고 나온다.

이소원 정말 남자들은 믿을 수가 없어. 다 거짓말쟁이들이야!

권성치 추가 계약했으니 다 끝난 거야!

이소원 끝나긴 뭐가 끝나, 이제 시작이잖아, 넌 결혼생활이 그렇게 쉽니?

권성치 쉽지 않은 게 어디 있어. 네가 먼저 도전하자고 했잖아. 목표를 향해 도전하는 것, 그것은 곧 목표를 이룬 것과 다름없다며!

이소원 넌 왜 그렇게 여자 마음을 몰라, 내가 불안한 게 이해가 안 돼? 왜 이렇게 단순해, 그런 너랑 어떻게 평생을 살아! 애당초 우리 계획이랑은 다르잖아.

권성치 계획은 바뀔 수 있는 거잖아.

이소원 몰라, 나 못하겠어 (나간다)

권성치 소원아, 소원아!!!

이과수 뭐야, 무슨 일이야. 왜들 이래?

권고삽　저 두 사람 결혼한 사이가 아닙니다.

가족들 멍하니 망연하여 권고삽을 바라본다.

권고삽　둘이 꾸민 연극이라고 오늘 며느리에게 고백을 받았소. 이것 참.

이과수　아니 아까 스텔라가 다섯 살이라고….

권성치　(들어오며) 아닙니다. 장인어른 우리는 진짜 결혼한 사이입니다. 아버지는 우리의 결혼을 인정하지 않으려는 겁니다. 우리는 뉴욕의 교회에서 만났고….

이소원　(달려 들어와) 그만해. 아버님 말씀이 모두 사실입니다. 우린 진짜 결혼한 사이가 아닙니다. (울면서) 죄송합니다. 아빠 엄마. (하고 조용히 사랑방으로 들어간다)

권성치　소원아!!!

이소원　(손을 들어 성치가 따라 들어오려는 것을 막는다. 방으로 들어가 운다)

무대는 한 순간, 정적으로 가득 찬다. 오랜 침묵.

노배균　(신이 났다) 내가 말했잖아요? 애당초 가짜 신랑이라고. 당연하지. 내가 그걸 주장했거든? 그게 결국 하늘에서 내려온 저 우주인에 의해 증명됐네. 하하.

다들 노배균을 본다. 이소란 슬그머니 노배균을 붙잡아 뒤로 감춘다.

박노아   (등장하며) 그래!! 저 여자가 방앗간 최 영감이 사모하던 황 여사네. 나한테 반쯤 넘어왔어. 내 연설에 감동했지. 내가 사랑에 빠진 사람들은 모두 우주로 나갈 수 있다고 했거든. 노아 기지가 완성되면 안전한 새 별을 찾아 이동해야지.

박요리   아버지….

박노아   알아, 알아!!! 황 여사, 그 할머니한테 기지 얘기는 비밀로 했다.

권고삽   그러니까 여기가 신 노아의 방주로군요.

박노아   신 노아가 아냐!!! 나는 박 노아일세.

권고삽   네?

박노아   내 이름이 노아일세.

권고삽   설마.

박노아   문패를 못 봤나?

박요리   아버지…

박노아   아, 하늘에서 떨어지느라 미처 못 봤겠네. 자, 자, 다들 준비해라. 소란이 결혼할 때 입었던 그거 다 가져와.

이소란   그거 어디에 있는지 모르는데요?

박노아   내 방 벽장에 넣어놨잖아.

이소란   (눈치를 보다가) 아, 맞다! (하며 방으로 들어간다)

박요리   아버지, 저 애들 진짜 결혼한 게 아니라고….

박노아   이런 고얀 놈들! 구식 결혼식이 싫다는 거지!

이과수 (큰소리로) 소원이가 우릴 속였다고요!! 두 사람이 결혼한 사이가 아니랍니다.

박노아 뭐야!! (뒷머리를 잡는다)

이과수 (권고삽에게) 본의 아니게 큰 폐를 끼쳤습니다. 급히 낙하산까지 타고 내려오셨는데. 소원이 이놈 당장에 나오라고 해. 이게 유학을 보내났더니.

박요리 조금 있다 야단쳐요.

권고삽 (툇마루에 걸터앉은 성치에게) 여자의 마음은 갈대란다. 하루에도 열두 번씩 마음이 바뀌지. 그러니 일단 지금은 물러나는 게 상책이야. 가자.

권성치 싫어요. 전 여기 남겠어요.

권고삽 왜 짜증이냐. 둘이 충분히 얘기할 시간을 주었잖아.

권성치 소원이도 아버지도 다 싫어요. 사업이 아버지 인생의 전부잖아요. 아버지는 형과 저를 한 번이라도 생각해 준 적 없어요. 저는 아버지 없이 혼자 자랐고 또 지금까지 혼자 살았어요. 고아나 다름없었죠. 여기는 달라요. 다들 따로 노는 가족들이고 제멋대로인 듯이 보이지만, 가족들끼리 서로의 삶을 인정하고 존중하고 지켜주고 돌봐주죠. 여기에서 보낸 일주일이 가장 행복했어요. 인간의 삶이, 사랑이, 가족이 뭔지 배웠어요.

권고삽 난 네가 필요한 것이라면 뭐든 다 해줬다.

권성치 제가 필요한 것은 돈이 아니라 아버지와 함께 하는 시간이었어요. 그러고 보니 오늘이 아버지와 가장 오래 있었던 시간이네요.

권고섭 성치야. 엄마가 죽은 뒤에….

권성치 엄마가 죽은 뒤에 우리 집은 뿔뿔이 흩어져 살았어요. 형은 대학 때 뛰쳐나갔고, 그 이후로 나마저 도망칠까 봐 아버지는 저를 아예 호주머니 속에 넣고 다니셨죠.

권고섭 그건 엄마를 찾기 위해서야. 네가 내 사업을 물려받아야 엄마를 찾을 수 있어.

권성치 (답답해하며) 엄마는 죽었어요. 아버지 제발 정신 차리세요.

권고섭 이놈! 엄마는 죽은 게 아니야. 어딘가에 살고 있어. 나는 느껴. 눈을 감으면 네 엄마의 목소리와 미소와 손길을 느낄 수 있어. 그러니 만날 수 있는 통로를 찾아야 해.

권성치 답답하신 우리 아버지. 안녕히 가세요. (하고 방을 향해 외친다) 소원이 너도 뉴욕으로 돌아가! 난 여기 살 거야.

박노아 다들 시끄러워! 누구 맘대로 여기서 살아! 혼례는 치르고 가든지 말든지! 같이 살든지 헤어지든지! 망하든지 흥하든지! 소원이 당장 나와! 할애비 죽는 꼴 보고 싶으냐!

이소원 (방에서 나오며) 할아버지 저는….

박노아 소원이 너도 조용히 해! 결혼이 뭐냐! 사랑의 결실이 결혼이고, 결혼의 결실이 바로 소란이 소원이 바로 너희들이야. 노아 기지의 원칙이 뭐냐! 사랑해서 결혼하는 사람이 어디 있냐. 일단 다 사기를 당해서 결혼하는 거야. 결혼한 사람들에게 물어봐라. 다 사기를 당했다고 그러지. 내가 무슨 말을 하려는 거지? 그러니까 오늘 정식으로 식을 올리고!!! 정히 싫으면 내일 갈라서!!!

이소원   할아버지!

박노아   시끄러워. 결혼은 하늘로부터 권리를 부여받는 거다. 피가 한 방울도 섞이지도 않은 두 남녀가 하나로 합체되면서 신으로부터 새로운 생명을 창조할 권리를 갖는 거야. 우주를 창조하는 거라고. 너희들은 이미 하늘나라에서부터 오래도록 사랑하고 있었고 그러다 갑자기 뚝 땅으로 떨어진 거야. 그리고 너희들의 낳을 새 생명이 점점 다가오고 있어. 그러나 그 무엇보다 더 중요한 것은! 내가 읍내 경로당마다 죄다 돌아다니며 우리 손녀 결혼한다고 다 소문을 냈다는 것이다! 떡 돌린다고. 너는 이 할애비를 거짓말쟁이로 만들 셈이냐! 다들 집합. 혼례식을 예정대로 거행한다. 소란아! 할애비 옷!

이소란, 예복 보따리를 갖고 나온다. 하나를 박요리에게 건넨다. 박요리가 보따리를 들고 소원을 이끌며 사랑방으로 들어간다.

이소란   (옷을 입혀드리며) 우리 할아버지 정말 대단해. 속전속결이네.

노배균   (성치를 부르며) 동서, 빨리 와. 옷 입어야지.

권성치   죄송합니다. 따님을 위해서 시작한 일입니다.

이과수   그럼 사내답게 처음부터 확 잡았어야지. 고생길이 훤하다.

권고삽   성치야. 곧 성기가 올 거다.

권성치   (놀라며) 형이요? 어떻게 알고.

권고섭 내가 전화를 했지. 성기는 네가 납치된 줄 알고 난리가 났다. 다 쓸어버린다고 고래고래 내게 소리를 지르더라.

권성치 아. 사건이 커지겠네.

권고섭 괜찮을 거다. 성기가 널 얼마나 아끼는데.

노배균 동서, 빨리 와.

성치는 뒷켠으로 사라진다.

사이.

사랑방에서 박요리가 소원을 토닥인다.

박요리 (소원이가 울고 있는 것을 보고, 등을 치며) 울지 말고 얼른 이 옷 입어.

이소원 나 무서워, 엄마

박요리 왜, 성치가 마음에 들지 않아?

이소원 나 성치 사랑해. 근데 결혼은 다르잖아.

박요리 엄마도 처음엔 무서웠다. 근데 하고 나니 좋았고, 덤덤해질 무렵 너희들이 나왔어. 너희들 키우는 재미에 세월 가는 줄 몰랐다.

이소원 난 매여 살기 싫어 엄마.

박요리 사람은 탯줄에 매여 태어나서 그 탯줄의 연이 끊어지면 다른 사람들의 연에 매여 사는 거야. 그게 사람이야. 성치, 애가 괜찮더라.

이소원 엄마 (요리의 품에 안긴다)

박요리　얼른 옷부터 갈아입자, 늦으면 할아버지 화내신다. 할아버지가 너 얼마나 사랑하는지 알지? 자, 일어나 옷 입자.

이소란　엄마도 처음엔 저랬다면서요?

박노아　네 엄마도 결혼하기 싫다고 질질 짜고 도망 다니고 그랬지. 헌데 사랑이라는 놈은 멀쩡한 사람을 한순간에 코끼리로 만들어 버린다고.

권고삽　어르신 제 장남도 불렀습니다. 지금쯤 올 때가 된 거 같은데. 어! (하늘을 보며) 저기 오는가 봅니다.

가족들 하늘을 본다. 여기저기 떨어지는 소리가 들린다.

박노아　저것들 뭐야!!! 새야? 사람이야.

사이.
권성기 장총을 들고 등장한다. 사람들 긴장한다.

권성기　(밖에다 대고) 너희들은 들어올 필요 없어. 다들 소란 피우지 말고 꼼짝말고 있어. 움직이지 마.

권고삽　왔구나.

권성기　성치, 어디 있어요. 이 사람들이에요?

권고삽　조용해라. 성치, 지금 옷 갈아입고 있다.

권성기　옷이요?

권고삽　좀 있다가 전통식으로 혼례를 올릴 거다.

권성기   예? 혼례요? 그럼 아버지 날 속이고 거짓말로 성치가 납치됐다고 한 거예요?

권고섭   너도 결혼할 때 패션쇼 놀러 오라고 해서 갔더니 웬 마피아 아들만 득실득실.

권성기   아니 난 선물도 준비 못 했는데.

권고섭   일단 그 총 치우고, 인사드려라. 제 장남입니다. 조부님이시다.

박노아   어서 오시게.

권성기   축하드립니다.

권고섭   인생 곡절이 많은 놈입니다.

박노아   저것들도 들어오라고 해.

권성기   아닙니다. 저것들은 우리 말도 잘 모르고, 또 장비를 너무 많이 챙겨와서 밖에서 대기하는 게 나을 거 같습니다. (밖에 대고) 결혼식 끝날 때까지 대기하고 있어.

박노아   대기하고 있어! 멋있네!

권성치   (신랑 옷을 입고 등장한다) 형!

권성기   자식 다 컸네. 결혼한다며?

권성치   이게 몇 년 만이야? 형수님은 잘 지내?

권성기   아, 맞다. 아버지, 스텔라 발레 시키지 말라고 했잖아요. 집에 오면 자꾸 들어 올려달라고 해서 힘들어 죽겠다구요!

사랑방이 열리며, 소원이 혼례복을 입고 엄마의 도움을 받으며 나온다.

박노아 (성치에게) 새신랑 할 말 있나?

권성치 네.

박노아 (소원에게) 넌 귀를 열고 들어라.

권성치 (안쪽 주머니에서 편지를 꺼내어 읽으며 고백한다) 사랑하는 소원에게. 사랑해. 사랑해. 사랑해. 전화를 걸기 전에 무슨 말을 할까 매일 연습을 했어. 기숙사에서 나오는 널 바라보며 하루를 시작했어. 네가 웃으면 완벽한 하루가 되었고, 네가 찡그리면 내 맘도 흐렸어. 네가 아프기를 바란 적도 있어. 하루종일 간호하며 너와 곁에 있을 수 있으니까. 난 너에게 엄마를 느끼기도 했어. 내가 기억하는 엄마는 나비였고, 너는 바람이었어. 잡으려 해도 잡을 수 없는. 그 바람을 내가 붙잡았어. 난 행운아야. 사랑해.

이소원 고마워. 결혼은 하지만 구속되는 거 싫어. 결혼해서도 이 집에서 살기는 싫어. 넓은 세상 구경하면서 살래. 그럴 수 있지?

권성치 그건 안 돼. 우린 여기에서 살 거야.

이소원 아까 새로 만든 계약서 사인했잖아.

권성치 다 찢었는데?

이소원 뭐? 너 벌써 변심한 거야?

권고삽 (말리며) 멀리 갈 게 뭐 있어. 성치는 여기서 살고 며늘아기는 나랑 돌아다니며 세계 곳곳의 건설 현장을 다니면 되지. 나 정말 바쁘다. 어서 식을 올리자.

최첨단 머뭇머뭇 등장하여 동태를 살핀다.

최첨단   어, 회장님! 여긴 어쩐 일이십니까?

권고섭   자네는 여기 웬일인가?

최첨단   보고 받지 못하셨습니까? 회장님 여기 전체가….

권고섭   알아, 알아. 다 둘러 봤어. 우리 아들 결혼식이니 방해하지
말게.

최첨단   오 축하드립니다. (하소연하듯이) 제가 여기서 무슨 봉변을
당한 줄 아십니까? (하다가 권성기를 발견하고) 아니 자네는 왜
여기에 있어? 나를 보고 인사를 안 해? 진급하고 싶지 않
아? (권성기가 찡그리며 본다) 좋아. 훌륭해. 계속 모르는 척을
해야지! 우직해.

혼례가 시작된다. 다들 조용히 노아의 주례를 청한다.

박노아   신랑 신부에게 묻노라. 비가 오나 눈이 오나 사랑하며 살
것을 맹세하는가.

권성치   네.

이소원   네.

박노아   사랑이 식으면 단호히 헤어질 것을 맹세하는가. (사이) 대
답해!!!

권성치   네.

이소원   네.

박노아　　신랑, 신부 맞절!

멀리에서 동물들의 합창 소리가 들려온다. 온 가족이 환하게 박
수를 친다. 박요리는 눈물을 훔친다. 바람에 꽃가루가 날린다. 무
대가 어두워진다.

막.

작품해설과 공연기록

1. 작품해설

인간은 혼자 살 수 없다. 가족은 사회화의 첫 과정이며 그 최소 단위이다. 이들 별난 가족들은 서로의 엉뚱한 상상까지도 존중하며 조화롭게 살아간다. 어떻게 보면 무관심한 것처럼 보이지만 내면적으로는 서로에 대한 존중과 배려와 서로 믿어주는 삶을 살고 있다. 이 작품은 저마다 개성이 강한 박노아 가족을 중심으로 개성 있는 인물들의 좌충우돌 사건을 다루고 있다.

88세 박노아 할아버지는 유기동물들을 데려다 키우고, 그의 딸 박요리는 특수식품 요리사이다. 남편 이과수는 식물학자이고, 그 첫째 딸 이소란은 외계의 존재를 믿고 그들과 소통하려는 외계중독자이며, 그 남편 노배균은 SF를 즐기는 세균학자이다. 이 특별한 가족은 지구환경이 위험한 지경에 이르렀다고 판단하여 새로운 별을 찾으려 저마다의 학문과 기술과 재능을 접목해 우주 프로젝트를 가동한다. 이러한 다른 가족들과 달리 막내딸 이소원은 별난 가족을 싫어했고 집으로부터 해방되고자 해외 유학을 떠났다. 그리고 가족들과의 완전한 결별과 자유분방한 삶을 추구하고자, 뉴욕에서 만난 남자친구 권성치와 결혼을 한 것으로 위장하여 귀국한다.

한편, 시청공무원 우직한은 이 집에서 벌어지는 이상한 소동을 염탐하고, 특수요원 최첨단까지 합세하여 집안을 몰래 수사하면서 집안의 비밀은 하나둘씩 벗겨지고 서스펜스와 서프라이즈가 교합되어 사건은 더욱 미궁에 빠지게 된다.

종막에는 권성치의 아버지와 마피아 두목인 형이 등장하며 대미의 웃음을 선사한다. 박노아의 마지막 대사를 음미하면, 책의 마지막 장을 닫는 순간 뭉클하고도 잔잔한 즐거움을 얻을 수 있을 것이다.

2. 공연기록

이 작품은 2019년 밀양연극촌에서 처음으로 상연되었다. 초연
당시의 배우와 스태프는 아래와 같다.

『우리 집 식구들 나만 빼고 다 이상해』			
일자	2019년 5월 25일		2019년 9월 16일
장소	밀양연극촌 스튜디오 극장		
작, 연출	이대영		
조감독	김은민		
기획실장	이현주		
의상	고혜영		
작곡	조 민		
편곡/음악	채영규		
분장	이지원		
조연출	이은진		김남언
기획/홍보	박정윤, 권인화		설유진, 박정윤, 조은아
무대	김한솔		
조명	고준혁		지명준
음향	김지혜		정다운
의상	설유진		유온누리
소품	김한별		권인화
분장	윤정화		유온누리
배우	박노아 역	박희근	박노아 역	이종관
	박요리 역	권소연	박요리 역	김지혜
	이과수 역	손상호	이과수 역	오승현
	이소란 역	권경은	이소란 역	김한별
	노배균 역	오승현	노배균 역	손상호
	이소원 역	김다운	이소원 역	이수진
	권성치 역	박성한	권성치 역	김성조
	권고삽 역	박한일	권고삽 역	권성욱
	최첨단 역	김성조	물범 역	이의령
	우직한 역	김한솔	신개념 역	권소연

한국 희곡 명작선 95

우리 집 식구들 나만 빼고 다 이상해

초판 1쇄 인쇄일   2021년 11월 25일
초판 1쇄 발행일   2021년 11월 30일

지 은 이   이대영
만 든 이   이정옥
만 든 곳   평민사
          서울시 은평구 수색로 340 〈202호〉
          전화 : 02) 375-8571 / 팩스 : 02) 375-8573
          http://blog.naver.com/pyung1976
          이메일   pyung1976@naver.com
등록번호   25100-2015-000102호
ISBN   978-89-7115-809-8 04800
          978-89-7115-663-6 (set)
정   가   9,000원

이 책은 사단법인 한국극작가협회가 한국문화예술위원회의 2021년 제4회 극작엑스포
지원금을 받아 출간하였습니다.